# EL LIBRO MÁS BONITO DEL MUNDO

Una historia de amor

# EL LIBRO MÁS BONITO DEL MUNDO

Una historia de amor

*Rosario Oyhanarte*

Papel certificado por el Forest Stewardship Council®

Primera edición: abril de 2022

© 2021, Rosario Oyhanarte
© 2021, Penguin Random House Grupo Editorial, S. A.
Humberto I 555, C1103ACK Buenos Aires
© 2022, Penguin Random House Grupo Editorial, S. A. U.
Travessera de Gràcia, 47-49. 08021 Barcelona

*Printed in Spain* – Impreso en España

ISBN: 978-84-666-7195-8
Depósito legal: B-3.151-2022

Compuesto en Llibresimes

Impreso en Black Print CPI Ibérica, S. L.
Sant Andreu de la Barca (Barcelona)

BS 7 1 9 5 8

*A Facundo y Lorenzo*

Esta novela se escribió antes de que la pandemia de la COVID-19 estallara en el mundo entero y azotara especialmente Nueva York. Dedico este libro a las víctimas, con la esperanza de que esta historia acompañe a sus familias a soñar con ser felices, sea una caricia para el alma y, por qué no, los invite a enamorarse.

# Agradecimientos

A Violeta Noetinger, por haber confiado en mí para contar esta historia y por haberme ayudado a sacar lo mejor de ella. A Melissa Ganzi y Santa Rita, por lograr un lugar perfecto para mi inspiración. A Laura y Sofía, por ser mis mejores críticas, y a Ángeles, por compartir conmigo su amor por Nueva York.

Una vez leí que en la vida tenemos tres amores. El primero, el de la adolescencia, que te enseña a querer, te llena de ilusiones y parece de película. El segundo, el que te enseña el dolor; al que te aferras aunque sepas que no es para ti. Es el que hubieras deseado que durara para siempre, pero al menos te ayudó a madurar. Y el tercero, el que no esperabas que fuera a suceder, pero dejaste que pasara sin expectativas. El que te sorprendió. Es el que te cura las heridas y el que te hace feliz.

# 1

*Junio de 2018*

Matt es el novio perfecto y no merece que cuestione cada uno de sus movimientos. En verdad no lo cuestiono a él, sino a mí, mis sentimientos hacia él, trato de observarlos y de diseccionarlos con precisión científica, cuando en el amor no hay nada más deserotizante que ser estudiado. Y lo que más rabia me da es que todas mis dudas, o quizá más que dudas, miedos, los provoque Sebastian. Incluso todo este tiempo después desde que...

—Elisa, ¿has terminado la noticia sobre el nuevo lanzamiento de...?

Mi jefe, Benjamin, tiene la manía de aparecer en mi puesto cada vez que me pongo a divagar.

—Sí.

—*Okey*, por favor, mándamela cuanto antes.

Aprovecho que he acabado mis tareas antes de lo esperado para salir a almorzar. La hora posterior al almuerzo es la que más me cuesta: no tanto la parte de comer, sino lo que viene después. Sobre todo en este trabajo, que no me apasiona. Cuando trabajaba en la librería la hora de la siesta pasaba inadvertida. De mi familia heredé la manía de dormir la siesta, algo muy poco compatible con los tiempos que corren, en especial cuando una trabaja en el departamento de prensa de una multinacional. Por la tarde siempre me invade el letargo o, mejor dicho, la modorra, palabra que encuentro más adecuada. Y si hoy ya he empezado a torturarme antes de almorzar, qué me espera para el resto de la jornada.

Desde hace días estoy tentada de comerme un buen sándwich y esta mañana me he preparado en casa uno bien simplón: jamón, queso, tomate y ya, sin mayonesa ni otros aderezos. No me gustan. Matt quiere que me mude con él y que deje de alimentarme a base de sándwiches. Quiere que madure de una vez, mejor dicho. Claro que también le puse patatas fritas. Mis preferidas son las de vinagre; creo que en Argentina no se consiguen. El pan es lo que aquí, en Estados Unidos, se conoce como *potato bread*, lo más cercano a un pan de Viena que pude encontrar, y cuánto extraño los panes de Viena, en especial los de aquella ciudad frente al mar que me vio intentar surfear, que fue testigo de mi incómoda transición de traje de baño a biquini y luego, de cómo ardí bajo el sol del hemisferio sur durante muchos veranos de mi vida: Chapadmalal, o Chapa, para quienes somos habituales. Lo de arder bajo el sol fue más que nada en los noventa y principios del nuevo siglo, antes de que empezara a preocuparme por las arrugas y las manchas y el cáncer de piel.

Siempre me dio algo de pudor admitir que nuestra casa en verdad quedaba en Marayui, un *country club* con pista de tenis, golf y todo lo demás. Me parece que «Chapa» tiene más rock and roll. ¿Qué será de esa casa? Tuvimos que venderla hace años.

Lo bueno es que aquí, en la tierra del Tío Sam, nadie repara en la sutileza de si uno dice Chapadmalal o Chapa, «mujer» en vez de «esposa» o «tomar el té» en vez de «merendar». Y quizá sea el anonimato lo que vine a buscar cuando decidí mudarme a Nueva York hace más de dos años. Empezar de cero. Volver a mis raíces.

No es que no quiera vivir con Matt. Además, prácticamente convivimos: duermo en su casa al menos seis noches a la semana. Y es cierto que eso de ir y venir con maletita todos los días no es práctico, pero por ahora sigo bien así. En mi apartamento de Tribeca, que amo. Con Amalia como *roommate* y compañera fiel.

Me pongo los auriculares y camino las casi veinte manzanas que separan la oficina de Book Culture, mi librería preferida del Upper West Side. Caminar en Nueva York nunca es monótono ni aburrido. A cada paso te topas con personajes diferentes y cada barrio da cobijo a una idiosincrasia particular. Lo que me gusta del Upper West es que a partir de la manzana 63 baja de modo drástico la cantidad de turistas, aunque claro que si bordeas el parque las aglomeraciones suelen seguir, en especial al acercarte al famoso edificio Dakota, en la 72. Pero me gusta el perfil de este barrio. Tiene que haber algo de masoquista, porque es el barrio donde vive, ¿o vivía?, Sebastian. Quién sabe cuál es su paradero actual. Una parte de mí desea y teme a la vez cruzárselo. Toparse con él de compras en Zabar's o saliendo de The Smith. Chocarme con él en la esquina de Levain.

Cuando me acuerdo de la vez en que me acerqué hasta la puerta de su casa, me muero de pudor. Es algo que no pude admitirle ni siquiera a Amalia; pero en una tarde de desesperación, a los dos meses de nuestro último encuentro, salí de trabajar y tomé el metro hasta esa parada tan mágica donde nos dimos un beso del que no me voy a olvidar nunca.

Fue la única vez que me permití generar algún acercamiento a Sebastian. En parte quería recrear la escena: nadie me puede quitar la satisfacción de revivir los momentos que compartimos. Pero otra parte mía quería tentar al destino y verlo, aunque fuera una vez más. Había decidido no hacerlo, pero la tentación fue más fuerte y después de llegar hasta su casa caminé la manzana entera, de punta a punta. Dos veces. No vi nada ni a nadie. Luces apagadas, algunos sobres amontonados en las escaleras de entrada y ya. Correspondencia, facturas, folletos de pizzerías y cupones de descuento. Frustrada, me fui. Más que frustrada, sentí angustia de solo pensar que quizá Sebastian estaba al otro lado, siguiendo adelante con su vida, sin mí. Intenté borrar el episodio de mi cabeza pero hoy, al andar por el barrio, me acuerdo de ese dolor en el estómago.

Pero siempre me gustó el Upper West Side, mucho antes de Sebastian. Sus hileras de *brownstones* o edificios de piedra rojiza; sus árboles, su perfil residencial e intelectual, o al menos seudointelectual. Por fin llego a Book

Culture; aunque tiene varias sucursales, mi preferida es la de la 82 y Columbus. Su selección de libros no es la más amplia; más bien dedican gran parte del espacio a merchandising, como suele pasar en tantas librerías que, ante la competencia de Amazon, Book Depository y demás colosos del mercado digital, necesitan vender lo que sea para sobrevivir. Sobre todo amo su sección infantil escondida bajando las escaleras. Además, cuando no sé qué leer (o, mejor dicho, cuando no puedo elegir; porque si en mi iPhone hay una lista eterna, es la de lecturas pendientes), me gusta lanzarme a ciegas sobre alguno de los títulos de esa librería. La propuesta que tienen todavía es algo original: en una de las mesas venden los libros sin que uno sepa qué título o autor elige. Es decir que así como confías en esa tía sexagenaria que insiste en que tiene «el» candidato para ti y accedes a una cita a ciegas, algo similar sucede aquí, en Book Culture, aunque sin tías ansiosas por resolver tu estado civil, y entonces una es responsable de su propio fracaso. O de su éxito, si es que las citas a ciegas pueden derivar en eso.

Los ejemplares están envueltos en papel de embalar y la única pista que te dan los libreros es: «Léeme si te gustó tal o cual libro». Este, por ejemplo, te lo recomiendan si disfrutaste de *Éramos unos niños*, de Patti Smith (buena jugada de marketing, porque, ¿a quién no?), *Saliendo de la estación de Atocha*, de Ben Lerner: *La fabulosa taberna de McSorley*, de Joseph Mitchell; y *Fun Home. Una familia tragicómica*, de Alison Bechdel.

De pronto me llama la atención otro ejemplar; los libros que mencionan como referencia son: *La historia del amor*, de Nicole Krauss; *El bienestar*, de Carolina Sborovsky; *La insoportable levedad del ser*, de Milan Kundera; y *Estupor y temblores*, de Amélie Nothomb.

Me doy prisa en pagar, porque ya ha pasado casi una hora: es momento de volver al escritorio, hipotecar mi tarde a la relación de dependencia y sumirme en preguntas seudoexistenciales y trilladas.

Después de una caminata apresurada llego a mi escritorio y sin perder tiempo abro el envoltorio del libro: *Infortunada noche*, de Serge Lion. Mmm, no conozco al autor. Jamás he oído su nombre. Es raro. No hay foto de él en la solapa y la dedicatoria solo dice: «¿Qué habría pasado si...?».

Se ve que no soy la única que se hace cuestionamientos seudoexistenciales y trillados. «¿Qué habría pasado si...?» debe de ser una de las preguntas más formuladas a nivel mundial. Porque es una verdad universalmente reconocida que, por más satisfecho que uno esté con sus decisiones, resulta inevitable cuestionarse dónde estaríamos si hubiéramos tomado el camino B en vez del A, o el A en vez del B, o el C en vez del D y así.

Apuesto a que todos nos lo preguntamos alguna vez. Apuesto a que en toda vida hubo algún momento de ruptura donde elegimos tomar un camino en lugar de otro porque, por definición, la elección implica sacrificar lo que no se ha elegido. Y aunque estemos conformes con la salida que hemos dado a la disyuntiva, apuesto a que alguna vez nos invade la pregunta de «¿Qué habría pasado si...?».

Está claro que con esto no descubrimos la pólvora, ni

este tal Serge Lion ni yo. No resolvimos misterios crípticos, del tipo de por qué todavía no se ha inventado un microondas con la función de congelado rápido. El planteamiento no es original, pero eso es, justo, lo que me aflige: la universalidad de la cuestión, que hasta se ha convertido en cliché. ¿Qué nos pasa a los seres humanos, que tenemos como especie esa tendencia morbosa a imaginar escenarios paralelos?

Me dan ganas de empezar a leer la novela, pero en eso aparece Benjamin y me pide que por favor le transcriba las notas que tomé en la última reunión. Serge Lion y sus páginas tendrán que esperar.

*Septiembre de 2016*

Lo mejor de trabajar en una librería es que los días nunca son del todo iguales. Ayer vino una estudiante de unos quince, dieciséis años, a pedir que la ayudara a encontrar el nombre de pila de «Ibidem» para poder completar la bibliografía de su trabajo práctico. La semana pasada nos visitó un cuarentón desesperado por dar con un libro «publicado en los noventa y de tapa azul». Pero lo más raro ha pasado esta mañana, cuando un muchacho bastante alto ha creído que podría seducirme y lograr que le contara el argumento y los personajes principales de *Las uvas de la ira* solo para entregar una monografía esta misma semana.

Episodios semejantes me provocan en el momento una mueca de humor y, luego, desolación ante el derrumbe de la cultura occidental. Al menos nosotros, los libreros, nos aprovisionamos de anécdotas que con algo de tiempo y distancia caen, irremediablemente, dentro de la categoría de «cómo lucirte con historias divertidas en una reunión social».

Pero en las librerías hay también momentos mágicos, como cuando estás ocupada ordenando la mesa de saldos por decimoquinta vez en la jornada y de pronto te interrumpe un hombre espléndido, sin anillo, en busca de *El buda de los suburbios*, de Hanif Kureishi. Entonces recobro la esperanza en la humanidad, lo miro atentamente, delato mi interés al pasarme el pelo por detrás del hombro y, con una sonrisa, le pido que me acompañe hacia el estante del fondo a la izquierda.

«¿Justo hoy estreno los *mommy jeans*? Serán muy simpáticos y estarán de moda, pero no me favorecen de atrás», pienso, al encabezar nuestro viaje hacia Kureishi. Me doy la vuelta para hacerle alguna pregunta al cliente y de paso para ver cómo me mira (gracias, argentinos, por fijar en mí el preconcepto de que todos los hombres aprovechan la primera oportunidad para comprobar la retaguardia femenina), pero el ¿señor? ¿tipo? ¿chico? ¿hombre? dirige la mirada concentrado hacia los laterales, como si quisiera retener los títulos que llenan los estantes, y ni se da cuenta de que me he girado para darle conversación.

—Aquí está *El buda de los suburbios*. —Orgullosa, le entrego el ejemplar y le regalo una sonrisa, todavía en plan coqueteo.

—Gracias. ¿Lo has leído?

—Sí, me lo recomendó mi profesor de escritura. Es excelente. Me encantó.

—¿Y por qué habrá sido? ¿Porque tú también eres inmigrante?

Poco a poco, empieza a mostrarse más relajado. No soy especialista en lenguaje corporal, pero algo me dice que en su mirada, fija en mi boca, también hay rastros de coqueteo.

—Mi nombre es Elisa Mayer y soy argentina de los pies a la cabeza casi —parafraseo la primera cita del libro, aunque todo indica que él no lo ha leído aún—. No, no creo que haya sido por eso. Me encanta Manhattan, pero no estoy ni cerca de adoptar la idiosincrasia norteamericana. Y eso que nací aquí. Ahora, ¿tanto se nota mi acento? Te digo que suelen elogiarme la pronunciación.

—Tu acento es casi perfecto. Casi. Pero ese poco que le falta hace que suenes... intrigante. Lo mío también era un halago.

Y, con eso, toma el ejemplar de mis manos y se va hacia la caja a pagar. Una casi sonrisa se me escapa por la comisura de los labios. Hoy vuelvo a casa agotada, pero de buen humor.


*Junio de 2018*


—¿Qué lees? Son las once de la noche y estás en la misma posición desde hace dos horas —me dice Matt mientras se mete en la cama y enciende la televisión.

—Una novela que me he comprado hoy. Se llama *In-*

*fortunada noche* —respondo sin levantar la mirada de mi libro.

—¿Ah, sí? ¿Poco a poco escalas peldaños en esa lista eterna de tu iPhone?

—No, nada de eso. No estaba segura de qué leer y me fui a Book Culture, la librería que te comenté.

—¿Cuál de todas era? —pregunta Matt mientras busca en Netflix un capítulo de *Friends*.

—La que queda en el Upper West, esa que tiene una mesa con libros envueltos de los que solo lees una pequeña descripción.

—Ah, sí, ahora la recuerdo. Se ve que has tenido suerte con tu elección —dice Matt entre risas ante un comentario de Chandler.

—Sí, no sé quién es el autor.

—¿Cómo que no, una vez que abres el libro no aparece?

—Sí, pero estuve googleando hace un rato y me da la sensación de que es un seudónimo. Se llama Serge Lion, supuestamente. Pero no he encontrado nada sobre él más que información de este libro. Supongo que no es su nombre verdadero.

—Pfff, qué ganas de llamar la atención. No merece que pierdas tu tiempo en eso. Termina el capítulo y apagamos la luz, ¿vale? —dice Matt mientras se acomoda de costado para acariciarme el estómago.

—¿Y si mejor apagamos la tele y me dejas leer un rato más? —aventuro con una sonrisa—. O al menos déjame que te lea un fragmento. Escucha esto y dime si no es brillante: «En la vida hay dos clases de personas: las que toleran las dudas y las que prefieren la certeza, aunque esta sea una negativa. Y quizá haya también una tercera clase: la que...».

—Estoy agotado, necesito relajar la cabeza con *Friends* —me interrumpe Matt en la mitad de la oración—. Pero te prometo que mañana salimos a cenar a un lugar sorpresa.

Apaga la luz y yo resuelvo dejar mi obsesión con la nueva novela, al menos hasta mañana.

*Septiembre de 2016*

Llego la primera a la librería. Las mañanas son mi momento preferido del día. Bueno, tampoco es tan temprano: Three Loves abre a las diez, pero siempre me ha gustado el silencio de esos primeros minutos antes de que el local empiece a recibir a los clientes. Además, ante la pregunta de ¿eres búho o alondra?, que tanto le gustaba formular a mi profesora de Redacción Periodística, mi respuesta siempre fue «alondra», así, contundente. Sin titubear.

Desde que me mudé a Manhattan tengo un ritual que disfruto: me despierto a eso de las ocho, desayuno yogur con cereales o tostadas, y a las ocho y media ya estoy en mi clase de gimnasia. El gimnasio está en el West Village y yo vivo en Tribeca, pero la librería está en el West Village también, así que todo me queda perfecto. ¿Cómo hace una librera argentina de veintipico años para vivir en Tribeca? es la pregunta que sé que muchos se formulan al conocerme. Pero esta librera siempre fue suertuda, y la suerte es la que marca la diferencia en muchos aspectos de la vida, por no decir en todos. Cuando llegué a esta ciudad, insegura, venía en parte escapando de Buenos Aires, sin demasiada convicción de quedarme, pero con la necesidad de reconectarme con el país que me vio nacer. Y mientras dormía en el sillón de Diego, un amigo fotógrafo, argentino como yo, y recorría la ciudad, a él le surgió una oportunidad en Buenos Aires y decidió volver. Así que pensé en quedarme con su cuarto en este apartamento de cuatro habitaciones. Todo se alineó cuando conseguí trabajo en la librería. Entonces, pasé a subarrendar ese mismo espacio. Cuadró perfecto: el precio es asequible, la ubicación es de ensueño y mis compañeros de piso casi nunca están; salvo Amalia, que más que compañera ya es una amiga. Además, tenemos una terraza que disfrutamos todo el verano. No se puede pedir más.

Después de mi clase de gimnasia me pego una ducha rapidísima y paso por Starbucks. Me compro un *latte* para disfrutar mientras enciendo el ordenador y preparo todo para abrir la librería, puntual, a las diez. Sé que estoy pagando demasiado por un café mediocre, pero me gustan mis rutinas y el Starbucks está en mi ruta matutina.

Como Three Loves es independiente y no forma parte de una cadena a lo Barnes & Noble, no tenemos un protocolo demasiado estricto que seguir, al menos en cuanto a abrir la librería se refiere. Mi compañero, Oliver, y yo llegamos a las diez en punto, y mientras subimos las persianas del escaparate, voy encendiendo las luces y el ordenador. Oliver se encarga de la música y yo entro en el programa que usamos para vender los libros; cuando las persianas ya están levantadas, enciendo las luces de los libros destacados y vuelvo al mostrador para comprobar el cambio en efectivo que quedó del día anterior.

La parte de «hacer la caja» es lo que más me aburre, porque soy pésima con los números. Antes teníamos que hacerla por la mañana para corroborar que la de la noche estuviera bien, pero como Oliver y yo solemos encargarnos tanto de abrir como de cerrar Three Loves, no tiene demasiado sentido que las mismas personas sean quienes cuenten el dinero. Claramente, en una librería colosal o parte de una cadena esto no funcionaría así, pero nosotros nos tomamos ciertas libertades. Aquí llevamos otro ritmo.

A las diez y cinco, en general, ya recibimos a los primeros clientes. Si tuviéramos un café o bar pequeño recibiríamos más, pero no hay espacio para eso. No en vano hay quien ha comparado las dimensiones de Three Loves con lo que mide un vestidor lujoso en el Upper East Side.

¿Volverá hoy el señor, chico, joven, hombre, que vino ayer? Ni nuestros clientes más asiduos suelen visitarnos dos días seguidos, pero algo me dice que él también se quedó con ganas de conversar. Por si acaso, hoy no me he puesto mis *mommy jeans*, sino unos modelo Oxford que traje de Buenos Aires y me quedan mejor. De paso me he puesto un poquito de tacón, para que la diferencia de altura con el susodicho no sea tan obvia.

Esta mañana Amalia me ha asesorado en cuanto a mi atuendo, como suele suceder. Ella entiende de moda mucho más que yo; es de esas personas que en cinco minutos logran corregirte detalles de tu aspecto que ni siquiera habías notado: que tal color no me favorece, que la raya hacia la derecha marca más mi nariz que hacia la izquierda, que tal pantalón me hace mejores piernas que aquel. Pero son las diez y cuarto, y con los tacones que ha elegido ya me duelen los pies. Hacerle caso a Amalia a veces es mala idea.

Me dispongo a llenar un florero para adornar la caja con un frasco de mermelada que me he traído de casa y sonrío. Era el toque que le faltaba al mostrador. Pasan dos horas en las que vendo *Todo cuanto amé*, *La simetría de los deseos* y varios libros para chicos. Una turista que se veía un tanto perdida ha entrado a preguntarnos dónde queda el Lincoln Center y acto seguido una señora mayor se ha enfadado cuando le he explicado que el título que buscaba no era *Cumbres borrachosas* sino *Cumbres borrascosas*. Mi trabajo suele ser agradable, pero a veces no tanto. No es lo que parece a simple vista: no pasamos el tiempo leyendo detrás del mostrador mientras llega algún lector ávido de nuestras recomendaciones. Esto muestran algunas películas entretenidas pero la realidad no funciona así; suceden muchas cosas entre bambalinas. Debemos seleccionar el material que pedir y devolver: es decir, esos libros que no se venden y ya han cumplido un cierto ciclo en la librería. También hay una selección de lo que se expone, porque el público necesita libros que fluyan, que haya movimiento visual constante. La mesa de un mes es diferente a la del mes siguiente y así; todo depende de qué se quiera vender.

Diríamos que esta es la parte bonita del trabajo, pero después está lo tedioso: no solo hacer la caja, sino recibir a la gente que llega con la vorágine de la ciudad. Con el carácter de la calle. A veces sucede que estoy feliz, trabajando con la mejor predisposición, y llegan clientes que se contagian de la buena onda; pero otros me tratan como si fuera una parte más de la librería y no un ser humano que está ofreciendo literatura. Arte. Algo que conlleva tiempo y es delicado. No, algunos llegan con su frenesí y quieren todo ya, sin siquiera percatarse de la presencia de sus compinches clientes o de nosotros, los libreros. Me frustra, porque en Three Loves no somos un supermercado de libros. Somos una librería en la que amamos vender libros y recomendar literatura.

Antes de que me dé cuenta, es mediodía.

—¿Qué almorzamos hoy? Te toca a ti salir a comprar —dice Oliver. Hoy es mi turno y me olvidé por completo.

—Me vas a matar, pero me he olvidado de avisarte: me traje una ensalada de casa.

—Eso sí que es traición, Elisa. Pero si quieres que te perdone... ¿te doy dinero y me vas a comprar un plato de fideos aquí al lado?

Oliver sabe que me gusta cortar el día saliendo a dar al menos una vuelta a la manzana. Pero hoy no tengo ganas de moverme de la librería, porque ¿y si justo aparece mi nuevo cliente favorito? Soy suertuda, pero no tanto.

—Estamos en Nueva York, Oliver, estoy segura de que vas a poder hacer tu pedido a través de alguna app. Perdón, no quiero ser aguafiestas, pero los sábados son días movidos.

—*Whatever*. Vuelvo en diez minutos —dice Oliver, y con expresión de «¿quién entiende a las mujeres?» sale con un portazo.

Y después las teatreras somos nosotras.

## *Junio de 2018*

No es que yo sea vaga, al contrario: soy tan expeditiva y eficiente que para la hora del almuerzo suelo haber terminado todas mis tareas, lo cual no ayuda a tolerar la modorra de la hora de la siesta. Ayer ya sacié el antojo de sándwich, así que hoy mejor pido comida al local de la esquina y paso el rato en Riverside Park. Tienen unos *wraps* que son un disparate.

Esta tarde de primavera está ideal para leer bajo el sol; junio es mi mes favorito en la ciudad. La temperatura ya es agradable, pero el calor no sofoca. El frío del invierno es tan solo un mal recuerdo y el calor agobiante del asfalto es un monstruo aún por venir. Los cerezos no están en flor, pero es mejor, porque son la postal —y, por ende, el imán— más buscada por los turistas, y prefiero el parque cuando está más solitario. ¿Acaso existe un árbol más hermoso que el cerezo? Sé poco de floricultura, pero algo me dice que la respuesta es que no, aunque los jacarandás de mi querida Buenos Aires les hacen buena competencia, y las Santa Ritas que veo en tantas fotos de Grecia también.

Siempre fui de esas personas que creen que el momento en el que uno está es el mejor. Y lo pienso antes de que el mindfulness se pusiera de moda; de nada sirve añorar escenarios más perfectos cuando hay tanta belleza para disfrutar a nuestro alcance. Y qué maravilla poder darme el lujo de hacer una pausa por la tarde en Riverside Park. Me gusta no perder de vista que es eso, un lujo.

Hay solo una pequeña sombra en mi presente y se llama Sebastian. Y con solo pensar en él, ya me odio. Me odio por traicionar a Matt, aunque sea solo en mi mente, pero en especial me odio por traicionarme a mí: ¿por qué hago esto? Mi propia voz resuena en mi cabeza: «No pierdas tiempo en quien no lo perdería en ti»; «Él no te respeta, no te merece»; *«When there's a will, there's a way»* y todas esas máximas que ofrecí a mis amigas durante tantos años, especialmente a Amalia, ducha en decisiones equivocadas en temas de corazón. Ya leí *He's Just Not That Into You, Why Men Love Bitches* y demás literatura dirigida a que las mujeres no se dejen engañar. Pero Sebastian no me permite hacer el duelo. Y me odio porque se me llenen los ojos de lágrimas con solo pensar en él. Aunque, ¿cómo se hace el duelo de un amor que no fue, pero que duele el doble, por lo que pudo haber sido?

¿Acaso estoy loca? ¿Acaso imaginé la conexión que teníamos? En parte es eso lo que me atormenta; la necesidad de descifrar si puedo estar tan ida como para imaginar un vínculo unilateral.

¿Es a eso a lo que se debe mi incapacidad para soltarlo, o es autoboicot? Quizá tengo miedo al compromiso. Después de todo, Matt es el candidato perfecto. Tiene un corazón enorme. Me quiere. Es espléndido. Sus brazos son «torneados» (sé que varias se fijan en eso; al menos Amalia no para de alabarlos. Yo jamás uso esa palabra ni me importan tanto los brazos). La cuestión económica nunca va a ser un problema si sigo con él. Y no es que ese punto me importe demasiado, pero es una realidad que... Basta. Estoy harta de mis propias cavilaciones. Tengo que callar esta cabeza, distraerme con algo, y ese «algo» bien podría ser la lectura en este parque que me encanta.

Pero hay un pequeño problema; esta maldita novela me tiene enganchada. Hay algo en la voz del protagonista, en el tono, que me cautiva. Esa mezcla de cinismo y sofisticación, de observaciones lúcidas que a uno le dan ganas de subrayar. Una suerte de David Foenkinos, Oscar Wilde o de Alain de Botton. Con las distancias pertinentes entre todos ellos, claro. En el caso de este autor enigmático también hay algo de lirismo. Ciertas frases del protagonista me recuerdan a cómo me hacía sentir... Sebastian. Y no solo por el cómo, sino por el qué; menciones a escritores que sé que él admira. Aunque, ¿quién no admira a Stefan Zweig?

Una de las cosas que más me enamoran de las mujeres es que no tengan que pensar demasiado en el tema en cuestión para ya formarse una opinión sobre él; que sus reflexiones les broten de modo natural. Me despierta sospecha la gente que no tiene la opinión formada. ¿Es por tibieza o por falta de personalidad...? Además, si tienes que pensar demasiado en tu opinión sobre un tema, significa que, posiblemente, puedas cambiarla después. Desconfío de la gente que no tiene las ideas claras en la vida. Quizá por eso sigo soltero en una ciudad tan grande como Nueva York. Es paradójico, pero en esta urbe tan cosmopolita y diversa siento como si las mujeres vinieran fabricadas en masa. Al menos las que estuve frecuentando yo. Se visten igual, hablan igual. Hasta deben de teñirse el pelo con el mismo peluquero y elegir la raza de perro según algún protocolo del que no me he enterado.

Leo un rato más hasta que me topo con la siguiente cita de Marái incluida por el autor: «Tenemos que soportar que nuestros deseos no siempre tengan repercusión en el mundo. Tenemos que soportar que las personas que amamos no siempre nos amen, o que no nos amen como nos gustaría». Duro, pero cierto. Y en eso, entra un mensaje de Matt: «Ponte guapa, que te recojo a las ocho».

Lo tomo como una señal. Mejor dejo de leer esta novela que me dispara un bovarismo a lo siglo veintiuno. O, al menos, la dejo por ahora.

Y con un último vistazo al parque, emprendo la caminata de vuelta a la oficina.

*Septiembre de 2016*

Siempre fui medio bruja. Tengo un superpoder llamado «intuición». Y yo tenía la certeza de que el ¿hombre? ¿chico? ¿joven? iba a volver. ¡Lo sabía! Justo cuando estoy en pleno baile de victoria, él mira hacia mí y me sonríe, antes de dirigirse a explorar los lanzamientos de ficción.

Bendita campana que anuncia la llegada de un nuevo cliente, porque hoy lo anuncia a él. Algo me dice que ese «ring, ring» agudo y penetrante se va a convertir en mi melodía preferida, aunque de doscientas veces que oiga su tañido solo una sea para presentarlo a... Uf, cuando me pongo tan melosa sueno como la protagonista de una novela romántica. Mejor finjo estar ocupada unos minutos mientras él echa un ojo a los ejemplares. Aunque tampoco tan ocupada, no vaya a ser que le dé pudor interrumpir.

—¿Puedo ayudarte en algo? —me escucho escupir de pronto. Mi ansiedad suele poder más que mis soliloquios argumentativos.

—Sí, a encontrar una buena novela para una compañera de trabajo —y con la palabra «compañera» siento mi entusiasmo pincharse más rápido que un hinchable de piscina después de que mi tío Gregorio se tire sobre él.

—Ah, ya veo. ¿Trabajas por la zona?

Es evidente que lo sorprendo con mi pregunta. Durante los tres segundos que tarda en responderme, me odio por ser tan bocazas.

—No, un poco más hacia Downtown; pero me gusta el barrio, y esta librería es de mis preferidas.

—Qué raro, no te había visto antes por aquí. —«¡Basta, Elisa, deja de entregarte así!».

—Es que he estado de viaje unos meses.

—Claro, entiendo. —Y con eso, decido no volver a ser la primera en hablar. Pero quiero saber más. Quiero saber por qué ha viajado y con quién. Qué lugares ha recorrido y qué impresiones le han causado. Algo en la mirada de esta persona me dice que es de aquellas cuyas opiniones me dan ganas de anotar, como me pasa con toda la gente que admiro.

—Bueno, ¿entonces?

—¿Entonces?

—La novela.

—Ah, sí. Discúlpame. Lo mejor que he leído últimamente es *Todo lo que no te conté*, de Celeste Ng. Pero todo dependerá del gusto de esa... mujer. ¿Cuáles son sus autores preferidos? ¿Es lectora habitual? ¿El regalo es... por una ocasión especial?

—Quiero algo bastante universal, pero que no sean clásicos que seguramente ya tenga en su biblioteca. O que al menos las probabilidades indican que los tendrá, porque lo cierto es que no la conozco demasiado. Pero me hizo un favor y me parece que comprarle un libro es una forma cortés de agradecérselo.

Tomo como un buen indicio que el cliente elija un libro y no flores, bombones o una invitación a cenar para darle las gracias a esa mujer. Aunque para algunas, y me incluyo, no hay nada más afrodisíaco que un hombre que sabe regalar un buen libro. La pesquisa no está del todo terminada.

—¿Cuántos años tiene esa persona?

—Mmm, llega un punto en que me cuesta descifrar la edad de las mujeres. ¿Cincuenta y cinco? ¿Sesenta, quizá?

Me debato unos segundos entre *La agonía y el éxtasis* y *El tiempo entre costuras*, sin poder evitar sonreír.

# 2

*Junio de 2018*

—¿Cómo se te ha ocurrido traerme a The River Café? —le pregunto a Matt mientras nos sentamos en la mesa que nos asignaron en la terraza con vista a Manhattan.

—Yo te escucho, Elisa —responde mientras me toma de la mano y sonríe al camarero que nos ofrece agua con o sin gas.

—Estoy encantada. ¡Encantada! Ahora, te va a costar superarte para nuestro aniversario.

—¿No eras tú las que insistía en que es mejor celebrar días aleatorios y no por obligación?

—Sí, pero jamás pensé que iba a convencer a Mr. Estructura de tanta espontaneidad.

La temperatura es perfecta, ideal para comer al aire libre solo con un jersey sobre los hombros. La noche está preciosa. Desde Dumbo, The River Café tiene las mejores panorámicas de la ciudad, que nunca se ve tan mágica como cuando está iluminada. Y pensar que la isla acoge a tantos seres humanos, cada cual ávido de un sueño distinto. A algunos se les cumple, a otros no, pero mientras buscas, ahí está Manhattan, para asegurarte de que en ninguna otra ciudad vale la pena intentarlo.

—Creo que la velada merece un buen vino —le propongo a Matt, que sin perder tiempo pide un syrah chileno.

—Es lo más cercano a Argentina que encontré. Y hablando de Argentina, ¿cuándo me vas a llevar para allá?

Matt todavía no conoce a mi familia porque no hemos viajado a Buenos Aires juntos y cuando mis padres me visitaron en Manhattan por última vez él estaba de viaje de negocios en Londres.

—Quizá podríamos escaparnos cuando empiece el frío. Pero todo dependerá de tu agenda. Si yo me organizo con tiempo, podemos viajar para las fiestas, pero el complicado sueles ser tú.

Lo que más disfruto de mi trabajo es que me permite flexibilidad de horarios. Siempre supe que si me dedicaba a la escritura ese podría llegar a ser uno de los puntos a favor, al menos para contrarrestar los malos sueldos tan característicos del sector. En la empresa no todos los departamentos cuentan con libertad de agenda, pero así como a mí me toca lidiar con otros aspectos tediosos, como el mal aliento de Benjamin, al menos sí puedo trabajar desde casa los días que quiero. Y siempre fui una mujer que aprecia su libertad sobre todas las cosas.

—Te prometo que voy a hacer lo posible para que vayamos. Muero por conocer a tu familia, y hace años que no visito tu país. Mientras, tengo otra invitación para hacerte. Un poco más cerca, aquí en Manhattan.

—A ver...

Siempre me han gustado las sorpresas, y los regalos, aún más; Matt lo sabe y disfruta sorprendiéndome con salidas improvisadas.

—Tengo entradas para una obra mañana.

Matt sonríe ante la satisfacción de verme el rostro iluminado cual niña que espera que sean las doce para que llegue Papá Noel.

—¡Espectacular! Ah, no... Pero mañana es el cumpleaños de Oliver, ¿te acuerdas?

Mientras compruebo mi agenda en el teléfono recuerdo que mañana he quedado con mis excompañeros de la librería. Hace semanas le pedí a Matt que apuntara la fecha.

—La verdad es que no me acordaba. No lo memoricé. ¿No puedes faltar? Estoy seguro de que te va a gustar la obra —propone Matt con su mirada seductora, esa que implica entornar los ojos marrones intensos y que bien sabe que me derrite.

—No soy de cancelar este tipo de citas. Además, hace semanas que te llevo pidiendo que te reserves el día.

Una parte mía quiere cancelar el encuentro con los chicos y salir sola con Matt, pero me vence la culpa. Le pregunto si no es posible cambiar la fecha de las entradas, o devolverlas o ir otro día.

—No, Elisa, en ningún teatro del mundo te permiten cambiar las...

—¿Es dato? —lo interrumpo.

—¿Cómo? —me pregunta Matt desorientado y un poco molesto.

—¿Tienes el dato oficial de que en ningún teatro del mundo...?

—Bueno, no, pero es una forma de hablar. No puedo cambiar las entradas. Sí puedo invitar a mamá, o, si no... ¡Ya sé! —exclama con entusiasmo ante su gran idea—: Te tomas el descanso del almuerzo para visitar a Oliver y tus compañeros, y por la noche sales conmigo.

Su propuesta está lejos de resolver la encrucijada: la idea era que todos saliéramos al karaoke y a cenar. Y mi trabajo queda lejos de Three Loves, no tengo ganas de atragantarme en el almuerzo. Pero me parte el corazón que Matt se haya esmerado tanto en organizar una cita, y es cierto que a los chicos los puedo ver en otro momento.

—*Okey*. Ganas. Ahora les escribo para avisarles de que no vamos. Pero solo porque me has traído a este lugar tan especial.

Terminamos de cenar y Matt me abraza mientras caminamos hacia el coche. Esta noche prefiero volver a dormir a casa. Ya es tarde y no he preparado la bolsa para mañana. Además, tengo ganas de ver a Amalia. Hace como tres días que no nos cruzamos. Mientras abro la puerta oigo que todavía está despierta, viendo una serie desde su ordenador, tumbada en el sillón del salón, la que es su pose habitual.

—¿Cómo te ha ido? —me pregunta Amalia mientras pausa la serie y se incorpora en el sillón.

—Bien, ¡espectacular! Hemos ido a The River Café y la noche estaba divina...

—¿Te das cuenta? ¡Matt es el novio perfecto! Siempre te lleva a lugares únicos... y además es tan amoroso... Y siempre he dicho que tiene un aire a Josh Hartnett.

—Bueno, si tanto te gusta, ¡la próxima házselo saber! —le digo en broma. Jamás dudaría de las intenciones de mi amiga al hablar de mi novio. Amalia me da un golpe en la cabeza mientras se muerde el labio inferior, en gesto de «qué boba».

—Estás un poco seria, ¿ha pasado algo? —me pregunta al ver que no le sigo el juego.

—Nada grave, pero Matt ha sacado entradas para ir al teatro mañana.

—Oh, pero ¡eso sí que es un problema tremendo! —dice Amalia entre risas.

—El tema es que mañana es el cumple Oliver y habíamos quedado en salir a celebrarlo.

—Ah, ya veo. Bueno, propón pasarlo a otro día. Total, ese grupo sale todas las semanas. Además, aprovecha para ir al teatro, que tanto te gusta. No es que la alternativa que te propone Matt sea salir a comer con tu suegra.

—Hablando de suegra, me dijo que si no voy yo, la invita a ella. Así que mejor voy para dejarla con las ganas, ¡ja!

Odio representar el estereotipo de nuera que no tolera a su suegra, pero la mía realmente se esmera en no hacerse querer. «Christina»: el prototipo de mujer elegante, de unos sesenta años. O quién sabe cuántos, no le gusta revelar su edad. Espléndida, con el toque justo de cirugías; está claro que algo se ha hecho, porque no hay forma de tener tan bien la piel sin ninguna ayuda, pero a la vez está retocada con tan buen gusto que uno no sabe qué ha sido lo que ha alterado.

He empezado por su mayor virtud, que es su aspecto. Pero si proseguimos con su retrato robot, resulta que Christina es de esas mujeres que te mira de arriba abajo en cuanto te ve llegar. Lo hace de modo sutil, pero lo hace al fin y al cabo. Ante ella siempre me siento incómoda, mal vestida o fuera de lugar. La primera vez que fui a su apartamento en el Upper East Side se enfadó porque no me había quitado los zapatos al pasar al comedor. Después, me remarcó que mientras hablaba gesticulaba demasiado y ensuciaba la encimera de mármol de la cocina. Cuando vio la caja de alfajores Havanna que le había llevado como regalo, me los agradeció, pero aclaró que se los daría a la empleada porque ella no quería engordar. Y claro que no consume azúcar, lácteos, harinas blancas y qué sé yo cuántas cosas más.

Christina es de esas mujeres que jamás te van a insultar abiertamente —no vaya a ser que después se lo reproches ante su hijo querido—, pero que se las ingenian para remarcarte detalles, gestos y actitudes que podrían mejorarse, y todo lo hace con la sutileza propia de una geisha. No quiero criticarla, estoy esforzándome por que nos llevemos bien. Al menos «mejor». Jamás le he comentado a Matt que no soporto a su madre porque sé que le partiría el corazón. Pero tampoco me gusta incentivar que hagan planes solos. Temo el día en que se quite la máscara y le hable pestes de mí.

—Entonces, eso está resuelto. Mañana vas al teatro. ¿Y todo lo demás? ¿Cómo estás?

Inevitablemente, Amalia siempre me hace profundizar. Aunque sean las once y media de la noche y al día siguiente te espere tu jefe para pedirte más artículos sobre los productos de limpieza que vende la compañía.

—Bien, nada nuevo. Aburrida en el trabajo, como siempre. Y leyendo una novela que compré en Book Culture y me está haciendo delirar.

—¿A qué te refieres? —me pregunta Amalia, ya acostumbrada a la parte en que me quejo de mi trabajo.

—Estoy enamorada del personaje principal, hasta el punto de que leo y no puedo parar de pensar en cómo será el autor que lo creó. Quiero conocerlo, charlar, ver qué cara tiene. Pero el libro está publicado con seudónimo y no hay forma de dar con él.

—No entiendo, ¿qué es lo que tanto te atrae de un autor desconocido o, peor aún, de un personaje literario?

—Sé que suena ridículo y no sé explicarlo bien. Hay algo en la voz del protagonista, los escritores que menciona, su sentido del humor... Si tengo que ser sincera, me hace recordar a cómo me hacía sentir Sebastian, todas esas tardes en que teníamos nuestras charlas en la librería.

—Ja, por ahí venía todo. La chica tiene el novio perfecto pero no le basta y está enamorada de un escritor que ni siquiera sabe qué cara tiene. Bah, lo que es peor, ¡está enamorada de un personaje ficticio!

Sé que Amalia habla en broma, pero rompo en llanto mientras ella termina la frase.

—Me siento una idiota, ya sé que tengo el novio perfecto. Me siento una desagradecida —agrego con la voz quebrada. Amalia me mira mortificada ante la reacción que han causado sus palabras. Me pide disculpas mientras me abraza. Yo sé que no ha sido su intención herirme, pero me ha tocado la fibra.

—Tranquila, Elisa, pasará. No estás loca, no eres una desagradecida ni una obsesiva ni ninguno de esos adjetivos siniestros que acabas de mencionar. Ahora, en cuanto a seguir nombrando a Sebastian... Bueno... En eso coincidimos, quizá es hora de dejarlo ir. Pero cuando uno no tiene la oportunidad de despedirse, es normal que cueste cerrar las historias. Es humano.

—Pero ¿qué puedo hacer? No quiero seguir con Sebastian en la cabeza. Quiero cerrar esa historia de una vez. Y tampoco quiero obsesionarme con un personaje literario.

—¿Llamar a Sebastian no es una opción? ¿Contactar con él de algún modo? Para decirle lo que te haya quedado por decirle y seguir adelante.

—No, Amalia. No pienso rebajarme así. Además, insisto. Aunque me cueste admitirlo, temo que todo haya estado en mi cabeza. Fueron meses de coqueteo, sí, y una primera salida... de película. Bah, ¿cuenta como salida? No lo sé. No quiero ni recordarla. No tiene sentido dedicarle más tiempo a este tema. Gracias por ser tan buena amiga, pero me duele la cabeza. Mejor me voy a dormir.

Abrazo fuerte a Amalia y me acuesto frustrada. Los primeros meses después de que Sebastian desapareciera de mi vida creí cruzármelo más de una vez: en bares, en la calle, en un recital de The Killers. Hasta llegué a temer estar delirando. Desde hace tiempo no veo su cara entre la multitud, pero quizá esta es mi nueva forma de alucinar. Obsesionarme con un personaje de ficción y con la identidad de un autor fantasma para ver si es posible que haya alguien más como él.

Ya lo dijo Amélie Nothomb en *La nostalgia feliz*: «Todo lo que amamos se convierte en una ficción».

Antes de apagar la luz de mi mesilla de noche decido leer un capítulo más de la novela. Solo uno, así no la termino tan rápido. Después de todo, tiene solo trescientas páginas.

Pero al leer las descripciones del personaje sobre el Upper West Side me invade la nostalgia. Cierro el libro, enfadada, e intento dormir.


*Septiembre de 2016*


Son las cuatro de la tarde y Sebastian todavía no ha llegado. Supe su nombre completo ayer, porque por primera vez pagó con tarjeta de crédito. Es muy loco, hasta entonces no sabía ni su apellido y, sin embargo, siento que lo conozco desde hace años.

Ayer hubo un antes y un después en nuestra ¿relación?; no solo porque supe su apellido, sino porque Sebastian admitió que me estaba poniendo a prueba cuando me pidió que «le recomendara una novela para su compañera de trabajo». Ya me parecía raro que alguien con tan buen gusto literario no tuviera claro qué tipo de novela regalar. A quienes nos gusta leer nos resulta sencillo saber qué libro hacer llegar a las manos de gente querida.

Quería ver qué me recomendabas y comprobar si eras de fiar. Admito que tus elecciones me desilusionaron un poco, pero después entendí que te había desorientado con eso de «compañera de trabajo de cincuenta y cinco, sesenta», y en todo caso pecaste de prejuiciosa; pero te hiciste valer al día siguiente cuando vi que en tu mochila asomaba *Antonio y Cleopatra* de Shakespeare.

Y así pasamos un rato largo de la tarde —imposible contar los minutos con precisión, con él pierdo toda noción del tiempo— analizando si Shakespeare con su versión de Cleopatra había inventado a las divas «a lo Hollywood» tal como las conocemos hoy y cómo *Yo, Claudio*, de Robert Graves, es una lectura tan indispensable como los seis volúmenes de Edward Gibbon sobre el Imperio romano. Eso pasa con la gente con la que tenemos conexión; gente que irrumpe en nuestra vida y con la que ya nos une un vínculo mágico. El tiempo se desdibuja y la charla fluye hasta el punto de que te dan ganas de interrumpir al otro para acotar comentarios a sus reflexiones y opiniones. Avanza la charla y uno se entusiasma ante los puntos de vista del otro. Los compartamos o no, saber que estamos frente a un par intelectual es motivo de fervor en el cuerpo. O al menos en mi cuerpo. No sé si creo en otras vidas, pero me gusta pensar que hay almas que conocemos desde otro viaje. Jim Henson lo dijo mejor que yo: «No existe aún una palabra para amigos eternos que se acaban de conocer». Yo solo ampliaría el término «amigos».

Oliver me preguntó esta mañana qué es lo que me gusta tanto de «este tal Sebastian». No sé, no puedo racionalizarlo. Es atractivo, pero nada fuera de lo normal. No es por eso. Es más, muchos lo tildarían de «narigudo», aunque poco me importa. Siempre me gustaron las narices con personalidad. Además, no puede interesarme menos qué opinan los demás del candidato que tengo en mente. No quiero usar la expresión «candidato de turno», porque algo me dice que con Sebastian la cosa va para rato. Hay química, lo sé. Nunca fui ingenua en temas del amor. Tengo lo que se dice buen olfato. Tampoco soy de fingir falsa modestia y desmentir al prójimo cuando me señala que algún hombre coquetea conmigo. Me aburre la falsa modestia. Sospecho que no es casualidad que, desde que nos conocimos, Sebastian haya vuelto todos los días a la librería. Ni el lector más ferviente viene a diario, al menos a Three Loves, y en especial desde que irrumpió Amazon para hacer nuestro trabajo más desafiante. Me doy cuenta de que le gusto. Por cómo me mira. Por cómo me habla. Tengo que tener paciencia, entonces. Va a avanzar.

Me dispongo a ordenar libros y a reponer los que faltan en las estanterías de Fotografía y Ciencia Ficción. Nunca he sido lectora demasiado asidua de este género. Oliver, en cambio, es fanático, y se pone enfermo cuando le digo que no he leído *Yo, robot* o demás ejemplares sagrados para él. Me divierte verlo enfadado, así que ayer me inventé que tampoco había leído *1984* o *Un mundo feliz*, aunque claro que es mentira. Soy especialmente fan de Huxley.

De pronto, lo veo. A Sebastian. Me gusta que no venga siempre a la misma hora, pero que llegue justo cuando empiezo a obsesionarme con su presencia. Eso es lo que llamo ser puntual.

—Hola, Elisa. Te he traído un regalito —me dice con sonrisa pícara.

—¡Me encantan los regalos! ¿Qué es?

Me da un café.

—No he podido evitar reparar en que tomas *lattes* de Starbucks. Algún que otro día te la has jugado con leche de soja o le has agregado vainilla, pero de todos modos tienes que aprender a tomar café. Y más cuando tienes Partners a menos de dos manzanas.

—Gracias, es cierto que no tengo mucha cultura cafetera y desde hace tiempo tengo pendiente aprender más sobre el asunto, así que me viene bien que me instruyas. ¿Y con qué vas a deleitarme esta tarde?

Mi sonrisa es tan amplia que traspasa mis mejillas. El de Sebastian no habrá sido el regalo más romántico del mundo, pero yo sé leer más allá del gesto. ¿Quién quiere flores cuando el hombre de tus sueños se esmera en elegirte una taza de café?

—Hoy arrancamos con Brooklyn Blend, que en Partners definen como «un poco dulce y achocolatado». No es tan fuerte. Así no te me asustas.

Nos quedamos en silencio durante unos segundos mientras sonreímos. Tomo un sorbo y por suerte no tengo que fingir que me gusta: la bebida es, realmente, una cosa exquisita.

—Tienes muy buen gusto, Sebastian. Al menos en café. En libros está por verse —freno en el último momento, antes de aventurar un «en mujeres está por verse». Contenerme es raro en mí; mi lengua suele soltarse antes de que el filtro pueda ejercer su función. Pero esta vez algo me detiene.

—¿Cómo es eso de que está por verse? ¿Acaso los ejemplares que me llevo todos los días no son propios de un alma lectora, intelectual?

Por su mirada está claro que Sebastian entiende hacia dónde iba mi frase y él también parece disfrutar del coqueteo.

—Mmm, la mitad de las veces soy yo la que te hace recomendaciones a ti, así que me resulta difícil saberlo. Y las otras veces compras para los demás. Quizá hoy podrías recomendarme tú algo a mí.

—¿Has leído *La historia del amor*, de Nicole Krauss?

—No..., ¿debería?

—Sí. La autora tiene mucho talento para tratar temas universales como el amor, la soledad... Hasta admito que me robó alguna que otra lágrima. Pero no quiero anticiparte demasiado. Léelo y después me das tu opinión.

Le comento a Sebastian que me sorprende que sea lector de libros románticos; en general, sus compras abarcan otros géneros. Ayer, por ejemplo, se llevó *Los bajos fondos* y *El viejo y el mar* el día anterior; a lo que me contesta que todas las historias encierran una historia de amor si sabemos leer entre líneas. «No coincido», objeto, pero mi mente se pone en blanco cuando quiero enumerarle ejemplos que refuten su teoría. Por eso nunca voy a ser erudita. Me cuesta retener nombres de autores, títulos y argumentos; una vez que cierro un libro y empiezo a leer el siguiente, mi mente se convierte en una *tabula rasa.*

—Y si te gusta leer, calculo que te gusta escribir... —conjetura Sebastian. Oliver lidia con dos clientes a la vez y me hace señas para que termine la cháchara, pero me hago la distraída y le doy la espalda. Cómo disfruto de las charlas con Sebastian...

—Sí, me gusta, pero no creo que el hecho de que me guste leer lleve, necesariamente, a esa conclusión. Tu raciocinio es falaz.

—Ay, no uses la palabra «falaz» con tanta ligereza porque mira que me pongo a cuestionarte a ver en qué falacia se supone que incurrí.

Sebastian me pone a prueba. Y me encanta.

—Fácil. Cuando no sepas qué responder a esa pregunta, di *non sequitur* y ya. Pero si tanto te molesta el término, cámbialo por el adjetivo que quieras. La cuestión es que a mucha gente le gusta leer, pero no escribir; es más, cuanto más leen, más sienten que jamás podrán producir algo que se asemeje a las obras de los grandes autores que tanto admiran. Entonces, se desaniman. Lo que no entiendo es lo contrario: esa gente que dice que le gusta escribir, pero no leer.

—Coincido. No hay prueba más evidente de que esa persona entonces no escribe bien. Una amiga editora siempre decía que, al conocer a un nuevo escritor, le preguntaba qué había leído antes que qué había escrito.

La palabra «amiga» me da escalofríos: seguida del verbo en pretérito imperfecto, «decía», podría llegar a significar que la amistad ya no es tal; ¿quizá porque nunca fueron amigos, sino que los unía más bien un vínculo afectivo? «Basta, Elisa, no puedes ser tan paranoica; primero, no hay indicios de que esta "amiga" haya sido más que eso; segundo, si ese fuera el caso, ¿y qué? Tú también tienes una lista de exnovios».

—Excelente observación, la de tu «amiga». Pero la cosa es que sí, me gusta escribir. Estudié Periodismo en Buenos Aires. Ahora estoy feliz en Three Loves, si bien no descarto algún día dedicarme a escribir. Trabajé en el departamento de prensa de una empresa en Argentina, pero no es lo mismo. Mi sueño es poder algún día escribir lo que yo quiero y no lo que me piden mis jefes. ¿Y a ti?

—Me gusta mucho escribir, sí; en algún momento participé en algún taller de escritura pero me dio vergüenza ajena, no sé. Algo parecido me pasa con los estudiantes de primer año de teatro. Tanta gente que llega con aires de artista, sin verdadera vocación de aprender, sin humildad, con modos rimbombantes, recargados. Creen que son superiores y que van a poder cambiar el mundo solo por estudiar teatro o escritura. Y el gremio de profesores de esas disciplinas tampoco es para mí. No juzgo a la gente que se apunta a los talleres, ¿eh? —agrega Sebastian ante mi silencio—. Pero no es para mí.

—Bueno, solo porque el café de hoy es un manjar voy a dejar pasar tu generalización y a preguntarte: ¿qué es para ti, entonces?

Desde hace semanas espero este momento. Conocer

a Sebastian con mayor profundidad, y no solo intentar delinear su personalidad a partir de sus gustos literarios.

—Estamos en la búsqueda, jaja. Pero trabajo para un negocio familiar. Vivo en el Upper West Side porque a una parte de mí le gusta sentirse intelectual y reniega de su perfil financiero; pero no soy judío, a diferencia del ochenta por ciento del barrio, y no tengo perros, y por esto último siento que me dejan un poco de lado —añade entre risas—. Estoy valorando adoptar alguno para socializar un poco más. Me gusta leer de todo un poco, amo el cine, soy deportista y tengo muy buen gusto. Y no solo en libros y café.

Y con eso Sebastian toma un ejemplar de *El jilguero* de la mesa que está detrás de mí, rozándome la espalda, y se va a la caja a pagar.

Oigo el latido de mi corazón a través de mi camiseta.

Oliver no me habla durante el resto de la tarde.


*Junio de 2018*


—Bueno, bueno. Llegó el día. ¿Estás preparada? —me recibe Matt mientras me subo a su coche.

—Hola, Raúl, buenas noches. Hola, Matt. —Lo beso en la mejilla, demorándome un poquito más de lo habitual, pero todavía no termino de acostumbrarme a que tenga chófer, no logro darle un beso en la boca en presencia de Raúl—. Estoy más que preparada. Veo que vamos camino a Broadway, pero no sé con qué me vas a sorprender.

—No trates de adivinar, por una vez, y disfrutemos del viaje.

Empiezo a repasar para mis adentros la cartelera del teatro. Lo raro es que no hay ningún estreno que me haya llamado la atención, solo *Mi bella dama* en el Lincoln Center, pero decido dejarme sorprender. Matt me da la mano y me pregunta cómo me ha ido en el trabajo. Le comento que fue un día tranquilo, por lo que he podido aprovechar la tarde para avanzar con la lectura de la novela.

—¿Seguimos sin saber quién es el autor?

—Sí, he encontrado una entrevista donde explica que no tiene ganas de revelar su identidad; no da entrevistas en persona, nadie sabe quién es.

—No entiendo por qué alguien habría de esconder su identidad de esa forma.

—Bueno, en la literatura siempre ha existido la costumbre de publicar bajo seudónimos. Algunos disfrutan del anonimato más que del reconocimiento. Para otros es un juego literario, como para Pessoa.

—¿Quién? —pregunta Matt sin alzar la vista de su móvil.

—Fernando Pessoa, un escritor portugués que creó como setenta heterónimos, cada uno con su propio estilo y biografía. Otras veces los autores optan por el anonimato para hacer críticas sociales o políticas.

—Ya veo... gracias por la clase de literatura. Dime, Elisa, ¿y por qué crees tú que este autor no quiere revelar su nombre?

—No tengo la más mínima idea.

—Bueno, no me gusta que te quedes con la intriga, así que te prometo que voy a ayudarte a dar con su identidad. Pero otro día, porque ya llegamos. ¡Mira!

No lo puedo creer. Estamos en la puerta de *El rey león*. Sí, sí: *El rey león*. Todo bien con la película de Disney, la vi a los nueve años y la disfruté, pero no puedo creer que Matt me haya hecho perderme el encuentro con mis amigos por esto.

—¿Qué pasa, Elisa? ¿Por qué esa cara de...?

Se ve que no puedo disimular mi desilusión. Nunca he dominado el arte de esconder mis sentimientos, algo que me han recalcado como virtud y defecto a la vez.

—No es nada, Matt, solo que me pintaste que la obra iba a ser inolvidable y... es un musical. De Disney.

—¿Y desde cuándo eso es algo malo?

Que Matt no entienda cuál es el problema me causa una mezcla de ternura y molestia.

—Si tengo que explicártelo, no me vas a entender... Pero no puedo creer que me haya perdido el cumpleaños de Oliver por una obra que está en cartel desde hace años y que si no he visto en todo este tiempo ha sido por algo.

Me arrepiento de mis palabras apenas salen de mi boca. Matt no ha tenido mala intención. Por su entusiasmo, está claro que de verdad considera *El rey león* como una obra por encima de cualquier otro evento o acontecimiento social. Y cultural.

El problema es que en general no me gustan los musicales, y se lo he hecho saber más de una vez. Pero no me escucha cuando hablo de «esos temas», como los llama él. No me entiende en ese aspecto, como sí lo hacía... Basta. De nada sirve mortificarme con que Sebastian jamás me habría traído a ver este musical, porque lo cierto es que nunca me invitó a ver una obra de ningún tipo. Ni a conocer a su madre, por más pérfida que fuera. Tampoco me pasaba a buscar después del trabajo ni se preocupaba cuando me veía angustiada por no conocer la identidad de un autor.

«Nadie es perfecto y no podemos pretender que una sola persona nos dé todo aquello que necesitamos»: frase que Amalia ama repetir. Con Matt comparto otras cosas. Y Sebastian no está aquí. No merece que le dedique más tiempo ni consideración.

A nuestro alrededor hordas de niños y adolescentes hacen la cola para pasar a la sala. En el teatro Minskoff hay un bullicio que me molesta y penetra los oídos.

—Hace poco leí un artículo que compara *El rey león* con *Hamlet* —le comento a Matt mientras le doy la mano y sonrío, para cortar la tensión que hay en el aire.

—¿Cuál era *Hamlet*? Siempre la confundo con *Macbeth*.

*Septiembre de 2016*

—¿Y? ¿Vendrá tu noviete hoy? —me pregunta Oliver mientras me ayuda a encender las luces y poner la librería a punto para recibir a los primeros clientes.

—No sabría decirte —finjo indiferencia cuando por dentro estoy segura de que Sebastian va a aparecer.

—Si viene, no te preocupes, que te aviso a tiempo de que escondas ese *latte* de Starbucks. No vaya a ser que desilusiones a tu amor.

—¡Basta, Oliver! Viajé miles de kilómetros para huir de las burlas de mis hermanos y tú eres peor que ellos. Madura de una vez.

Amalia tiene la teoría de que Oliver está enamorado de mí. Conoce a mi grupo de la librería porque más de una vez hemos ido a tomar algo a la salida, y cuando ella está libre se suma. Amalia tiene horarios bastante complicados, porque trabaja como asistente de fotografía de un «peso pesado» de la moda. Además, hace trabajos freelance en organización de eventos. Si me preguntaran el nombre del fotógrafo, no sabría qué responder. Nunca he sido de esas chicas que gastan el sueldo en *Vogue* o en *Para Ti*. En cambio, lo que sí recuerdo de esta revista es que en el colegio la profesora de Lengua la usaba como ejemplo para que recordáramos que «ti» no lleva tilde, a diferencia de otros pronombres personales, como «mí» o «sí», que llevan tilde cuando hay que diferenciarlos de los adjetivos posesivos, en el caso de «mi» (mi perro) o de la conjunción condicional, en el caso de «si» (si llueve, no voy a la escuela), etcétera. Ni que fuera una regla ortográfica demasiado compleja... Pero, bueno, vivo para estas cosas.

La cuestión es que Oliver no está enamorado de mí. Si lo estuviera, habría manifestado algún tipo de intención. Quizá esto suene contradictorio con el hecho de que me irrita la falsa modestia, pero de verdad pienso que no hay señal alguna que indique que tiene un interés más allá de la amistad. Desde hace tres meses Oliver y yo trabajamos juntos, todos los días. Salvo los domingos, cuando ambos libramos. Pero la librería no cierra ni los domingos. Los fines de semana el West Village está muy concurrido, sería un crimen cerrar. Y aunque nos va relativamente bien, la industria del libro no está en su mejor momento. Nuestro cometido es vender y vender, pero vender libros de calidad. No somos como otros libreros, que deben googlear cómo se escribe el nombre del autor por el que les consultan. En Three Loves somos libreros de oficio y amamos leer. Nos gusta asesorar a quienes vienen en busca de un nuevo título del que enamorarse. Y me encanta cuando logro formar una pareja. Lo que sí me da mucha impotencia es esmerarme en recomendar títulos para mis clientes y ver que se van con las manos vacías. No soy ingenua, sé que se toman el trabajo de comparar el precio con Amazon y que después compran por ahí. Nos usan para tener nuestra opinión, pero la comisión se la lleva el señor Bezos.

No los culpo. Vivir en Manhattan es carísimo. Todavía sigo sin creer que consiguiera mi apartamento de Tribeca. Ya lo he dicho: soy afortunada. Amo mi barrio; no me importa que sea caro, como le gustó recalcar a mi hermano en su última visita. Casi todo Manhattan es caro, de hecho, y Williamsburg es demasiado hípster para mí. Aunque a estas alturas ya ni debe de ser hípster. No sé a dónde se habrán mudado los hípsteres. Lo cierto es que amo Tribeca y le estoy eternamente agradecida a Robert de Niro por haber contribuido tanto al desarrollo de la zona. Su restaurante Locanda Verde tiene la mejor carta de panes de la ciudad.

Ring, ring.

—Hola, ¿te puedo ayudar en algo?

Oliver intercepta a Sebastian antes de que yo tenga tiempo de saludarlo. ¿Me está tomando el pelo?

—Gracias, pero no. Vengo a ver a Elisa.

Oliver me saca la lengua en cuanto Sebastian le da la espalda. Actitudes como esta hacen que me cuestione su coeficiente intelectual. Será un alumno brillante de la NYU, pero a veces parece tan niñato...

Me doy prisa en tirar mi *latte* al cubo de basura y saludo a Sebastian con una sonrisa que pretende ser espontánea, natural. La he estado practicando en el espejo y creo que me sale bastante bien. Hoy ha aparecido a las doce del mediodía; seguramente esté en plena pausa de almuerzo, en pleno recreo. La palabra «recreo» es simpática; me remite al colegio directamente.

—Hola, Elisa. Quiero que me recomiendes algún clásico.

—¿Una categoría más amplia no se te podía ocurrir? Acotemos un poco la consigna —le digo con ese tono medio en broma, medio desafiante, que sé que tanto le gusta. En inglés lo llamarían *sassy*. ¿«Pícaro», quizá? La palabra «insolente» tiene otro matiz, un toque de malicia, al que no me refiero en esta ocasión. De todos modos, no sé cuál es la traducción exacta. Me resultan patéticas esas argentinas que viven en Nueva York desde hace dos meses y ya cuelan términos anglosajones en cada oración, pero hay ciertos conceptos que se expresan mejor en inglés...

—A ver, le acoto la consigna si así lo quiere, señorita.

Recomiéndeme un clásico que le haya gustado a usted, y justifique su respuesta.

—Fácil. *Frankenstein* —le respondo mientras me hago la importante ordenando el papeleo de la caja.

—¿*Frankenstein*?

—Sí, ¿acaso has pensado que mi respuesta iba a ser *Orgullo y prejuicio* o *Jane Eyre*? No soy tan predecible.

—No tenía ninguna idea preconcebida acerca de tu respuesta, pero *Frankenstein* me ha desorientado. Y admite que te gustaron esas novelas.

—Entonces alguna idea preconcebida sí tenías, al menos de modo inconsciente. Pero no entremos en una disputa acerca de cuál es tu prejuicio respecto a qué leemos las mujeres. O qué leo yo. Porque no tengo complejos. Y sí, esas novelas marcaron un antes y un después en mi trayectoria como lectora, pero no responden a la consigna porque...

—Lo que me ha desorientado, si te dignaras a escucharme, es que leí *Frankenstein* pero no me marcó de ningún modo en particular. Entiendo el hito que marcó en la literatura, que se lo considere precursor de la ciencia ficción, que plantee dilemas metafísicos, sociales, políticos y etcétera, pero... si tuviera que llevarme un solo libro a una isla, no sería *Frankenstein*.

—Para, me estás cambiando la consigna. Dijiste un clásico que me haya gustado. «Gustado», palabras sin fuerza, y esa. A una isla no me llevaría ningún título que pudiera englobarse bajo un término tan insulso. Me «gusta» *Frankenstein* porque me resulta apasionante que una joven de dieciocho años pueda haber gestado algo así.

—Aunque si consideramos que vivía rodeada por Shelley, Byron y demás románticos de la época, y si repasamos la biografía de sus padres, era de esperar.

Sebastian no aparta los ojos de los míos y yo empiezo a sentir cómo la temperatura aumenta en el ambiente, lo que suena menos cursi que «en mis entrañas». Pero no solo por su presencia, siempre intimidante, en el sentido hipnótico del término, sino por poder hablar con él de estas cuestiones a la par. Menos mal que es un día tranquilo en la librería y puedo darme ese lujo. Sí, calor es lo que siento. Cursis o no, las metáforas y descripciones amorosas suelen ser atinadas, aunque después de tanto uso y abuso muchas suenen melosas. Como pasó con tantos textos del pobre Bécquer.

—Sí, coincido; pero no dejan de causarme admiración las sutilezas con las que gestó la obra. Que doscientos años después nos siga dando que hablar —agrego para defender el logro de Mary Shelley.

—Bueno, esa es la definición de clásico, ¿no? Obras eternas, con capas inagotables de densidad semántica.

—Tienes razón. Lo que más me conmueve es el monstruo, a decir verdad. O la «criatura», quizá es más apropiado llamarla así; salvo que entendamos «monstruo» como aquello que es único en su especie, que no tiene congéneres.

—Muy bien, Elisa, has sacado un diez.

—Me encanta sacar un diez. Siempre saco un diez.

—¿En todos los aspectos?

A estas alturas, me separan de Sebastián cinco centímetros de distancia.

—Sí. En todos. Salvo en la cocina. Es un campo que no puedo fingir dominar. Pero ahora te toca a ti. ¿Cuál es tu clásico preferido? O, más bien, ¿cuál te llevarías a una isla?

No puedo lidiar con tanta tensión sexual y mi lado cobarde opta por cambiar de tema.

—Vas a tener que quedarte con la intriga. Me toca volver a la oficina.

Y con eso, por primera vez desde que nos conocemos, Sebastian me da un beso en la mejilla y se va.

*Junio de 2018*

—No ha estado tan mal la obra, ¿no? —comenta Matt con entusiasmo mientras salimos del teatro, de la mano.

—«Mal» no. La música de Elton John me gusta mucho, no así las canciones que han añadido, que no estaban en la película. Y siempre me choca cuando veo seres humanos actuar de animales. No los creo. Tiene que ser culpa mía, me falta imaginación.

—Está perfecto, Elisa. Me gusta que seas sincera y no complaciente. La próxima, te prometo que te dejo elegir a ti.

Decidimos faltar a la fiesta de Oliver, porque el grupo está en Brooklyn y yo ya estoy un poco cansada. En cambio, para hacer el programa a lo Broadway completo, vamos a cenar a Sardi's, donde hay unos canelones de espinacas gratinados que son un manjar.

El restaurante está muy concurrido, como todas las noches. Pero el maître conoce a la familia de Matt y no tenemos problema en conseguir mesa. Carrie Bradshaw diría que la vida es lo que sucede mientras esperas a que te den tu mesa en los restaurantes de Nueva York, pero cuando estoy con Matt nunca tengo ese problema.

Para terminar bien la noche me pido una copa de vino tinto. Antes de que lleguen mis canelones y el filete de Matt, ataco el pan. Los musicales se hacen largos y siempre salgo con hambre.

—Me encanta cuando haces eso —me dice Matt con ternura, mientras se me acerca a través de la mesa para darme la mano.

—¿Cuando hago qué? ¿Comer pan? —respondo entre risas con la boca llena de migas.

—Sí, es un alivio salir con mujeres que coman pan. Puedo decir que gracias a ti lo taché de mi lista de cosas por hacer antes de morir.

Me desorienta el comentario, porque con Matt no suelo hablar de nuestro pasado. A él no le gusta para nada. No sabe de la existencia de Sebastian ni de Juan, mi novio anterior, un argentino amoroso pero al que le faltaba chispa. No es frecuente en él hacer mención a mujeres pasadas, y admito que siempre he sido bastante celosa. Aunque también tengo una pizca de morbosa y casi aprovecho para ahondar y preguntarle con qué tipo de mujeres había salido él, antes de que llegara yo. Me sube la adrenalina de imaginarlo con otras. ¿Quizá por un tema de ego? ¿De saber que a mi novio lo desearon varias antes que yo? Es como si reavivara la atracción de las primeras semanas, aunque a la vez me torturen los celos. Me contengo para no empezar una conversación de la que después pueda arrepentirme.

Le devuelvo una sonrisa y sigo disfrutando el pan en silencio, hasta que Matt agrega:

—Y para tachar algo de *tu* lista de pendientes tengo una invitación para hacerte.

—Después de la invitación de hoy, tengo miedo —le digo entre risas, aunque me arrepiento. Matt no ha tenido mala fe.

—Confía en mí, que de diez programas en nueve me apruebas la organización. Quiero invitarte a los Hamptons.

—¿A los Hamptons? —pregunto con miedo. Es cierto que apenas habíamos empezado a salir cuando me comentó que sus padres tenían casa en Southampton; le manifesté, y con bastante énfasis, mis ganas de visitar el lugar. Pero ahora que he conocido a su madre mis ganas se han reducido a cero. Se han evaporado. Puf.

—Sí, a la casa de mis padres. Vamos, no me pongas esa cara. Mamá va a estar feliz de que vayamos. Podríamos ir en unas semanas, así te da tiempo de organizarte en el trabajo y de mentalizarte para la convivencia con ella.

Algo que valoro de Matt es que sabe leerme. Aunque no acostumbro a criticar a Christina, porque no deja de ser mi suegra y no deja de ser su madre, él sabe que no es santa de mi devoción. Es un alivio no tener que fingir que me entusiasma compartir un fin de semana con ella cuando es una idea que me aterra.

—Elisa, no soy de pedirte muchas cosas, pero para mí es importante que vengas. Es una casa donde fui muy feliz muchos años de mi vida. Es una parte de mí y me encantaría compartir esos recuerdos contigo. Y, quién sabe, crear nuevos... juntos.

Me es imposible resistirme a Matt cuando se pone tan cariñoso. Claro que accedo y en el acto apunto una nota mental: esmerarme en elegir un buen regalo de agradecimiento, nada que pueda ensuciar ni que tenga más de cinco gramos de azúcar.

Matt me da un beso en la mano y me sonríe satisfecho justo cuando llegan mis canelones.

# 3

*Julio de 2018*

Nunca había imaginado cómo serían los Hamptons. Por lo que había oído, forman parte de Long Island y, a la vez, están subdivididos en zonas, cada una con su idiosincrasia. De ahí el plural.

—Te voy a poner en antecedentes para que no metas la pata con tu suegra —me dice Amalia mientras me ayuda a hacer la maleta. ¿Acaso hay algo mejor que vivir con una amiga?—. Westhampton, o «Wronghampton», como apuesto a que lo llama tu suegra, es el más cercano a Manhattan, pero, ojo, porque no entra en lo que entendemos por «los Hamptons»; es decir, poco tiene que ver con ese destino exclusivo de veraneo elegido por magnates de todos los gremios y diseñadores como Calvin Klein y Ralph Lauren. Hampton Bays tampoco entra en la categoría, es un «quiero y no puedo»; justo en Southampton empieza el distrito *waspy*, y si no sabes lo que significa ese término, piensa en Christina: norteamericanos blancos, de bien, de raíces anglosajonas y religión protestante, aunque el credo que respetan ante todo es el de cuidar las apariencias. Usan mucho blanco, posiblemente sean republicanos y les parece de mal gusto todo lo que tenga que ver con ostentar. Creo que me entiendes.

—Sí, te entiendo —contesto mientras me debato entre reírme o llorar y opto por concentrarme en elegir atuendos para el fin de semana.

—Ese vestido de estridentes colorines no es muy apropiado que digamos, Elisa. Yo llevaría todo en tonos blanco y beis. Y antes de que me digas que no usas esos colores, tengo un mono de Sandro que puede valer..., te lo busco en un rato.

—Gracias, Amalia. No tengo idea de cuáles van a ser las actividades del fin de semana, pero lo llevo por si acaso.

—Sí, igual no te entusiasmes con el «por si acaso», porque apuesto a que a tu suegra le parece de mal gusto que llegues con un maletón para tres días.

—Es un buen apunte. Sigue.

Y así, mientras repasamos qué parte de mi calzado es apropiado y cuál no, y discutimos si hace falta llevar acondicionador y champú o si el baño del cuarto será como el de un hotel, Amalia me explica que East Hampton y Southampton son de las ciudades más exclusivas y chic:

—En Amagansett están los hippies con tarjeta de crédito *black*, que comen granola orgánica y quisieron aislarse de las multitudes; Montauk tiene una mezcla rarísima, hay casas de cincuenta millones de dólares y en multipropiedad pobladas por gente de Nueva Jersey, si sabes a lo que me refiero. Shelter Island es otro mundo; es una isla alejada, tranquila, algo como lo que era Montauk en los inicios, antes de que la arrasara por el boom inmobiliario. En todos los casos, resulta que vivir al sur de la autopista («*south of the highway*») es más cool que vivir al norte, y más caro. —Amalia descansa para tomar aire durante diez segundos y, ante mi expresión desorientada, continúa—: Espero que estés tomando nota, es mucha información.

Me nombra un par de ciudades más, pero a estas alturas yo ya no puedo retener tanto nombre y estereotipo. Me desplomo en la cama abrumada.

Sé que su intención es ayudar, pero no me voy a dormir tranquila. Está claro que yo no soy parte del mundo de Matt. No me siento cómoda en un entorno que confunde Buenos Aires con Río de Janeiro y que rechaza un armario en el que no predomina el beis. Una parte mía quiere mandar al demonio todas estas convenciones estúpidas e insistir en mostrarse como es. Pero otra parte quiere pasar un fin de semana en paz.

Matt no es como su madre, y lo tengo claro, porque, si no, jamás se habría fijado en mí, una latina del subdesarrollo. Él jamás manifestó que le importara de dónde vengo, cuánto gano, con cuánta «dote» se va a quedar si nos casamos ni cuántos peldaños va a subir —o bajar— en la estúpida escala social de los estados más cool de Norteamérica; pero a veces pienso que en su actitud hay algo de machismo encubierto. Dice que le encanta que trabaje y que admira mi pasión por los libros, pero después es el primero en incentivarme para que falte al trabajo o lo cambie por otro con mayor flexibilidad. Si le doy el beneficio de la duda, podría deberse a que no me ve contenta, pero sospecho que en el fondo le da lo mismo de qué trabaje: piensa que es un pasatiempo simpático y ya. Una distracción que me da un pequeño sueldo para pagar mi alquiler y salidas con amigos mientras esperamos la llegada de los hijos.

No es que yo necesariamente quiera trabajar toda la vida, ¿eh? Al menos en prensa. Odio mi trabajo en la multinacional. Odio escribir artículos, que usan ese lenguaje periodístico que tan poco honor hace al espíritu de las letras. Odio cumplir horarios, odio lidiar con mi jefe y odio la hora de la siesta detrás del escritorio. Lo que me gusta, en cambio, es leer y jugar a escribir. Lo que me preocupa es que la única razón por la que a Matt no le importa mi origen es porque soy mujer. ¿Y si las cosas fueran al revés? Si fuera yo la que mantuviese a nuestra eventual familia, ¿también estaría tan relajado? Sé que es una entelequia lo que planteo y estoy siendo injusta con Matt. El problema aquí es con su madre, no con él. Ni siquiera con su padre, un hombre mayor que lee el diario y sale a navegar. Y que, creo, aún no me registra. Solo espero que nuestra relación pueda sobrevivir a Christina. Este fin de semana será crucial.

El despertador suena a las ocho de la mañana. Mi cara de dormida después de una mala noche puede llegar a ser una tragedia, pero por suerte hoy no es tan grave. Me preparo un té con tostadas mientras espero que Matt y Raúl pasen a buscarme. Decidimos salir un jueves para evitar las hordas que viajan a los Hamptons los viernes, así que voy a tener que responder algunos mails desde el viaje. Le propuse a Matt que fuéramos en bus o tren; Amalia me dijo que el trayecto es agradable y hay wifi. Pero él me explicó que vamos a necesitar el coche estando allí, y con tal de no depender de su madre, accedí. Aunque me gustaba la idea de viajar solos, sin Raúl.

Después de dos horas y media de viaje llegamos a Southampton. Más allá de las expectativas que me había creado Amalia, el lugar me fascina apenas el coche se asoma a Main Street, una avenida espaciosa y coronada por árboles. El centrito me resulta una mezcla entre pintoresco y cool. Bancos de madera presiden las aceras amplias, donde puedo verme caminando durante horas. Con solo dar una vuelta en coche me brotan las ganas de volver a recorrer cada uno de sus restaurantes, galerías de arte y boutiques.

¿Y la arquitectura? Otro hito en sí mismo. Matt me explica que las casas más antiguas en general están en Main Street y James Lane. Algunas hasta datan del siglo diecisiete.

—Fíjate en que la mayoría son de madera y están cubiertas por tejas —amplía Matt.

—¿Qué es eso?

Aunque sé la respuesta, me gusta darle pie a que profundice. Amo esta faceta de él, verlo tan entusiasmado explicando la historia de un lugar al que siente como propio.

—Esas tejas de madera planas, finitas, que se superponen a la fachada. ¿Las ves? Y obvio que casi todas tienen porche. Y tú, a la que le gustan los árboles viejos, estate atenta a los olmos, robles, cedros y arces que hay en los jardines.

—Hala, ¿desde cuándo sabemos tanto de paisajismo? Por lo que veo muchas de las casas tienen un aire a Nueva Inglaterra. Mira, esa iglesia blanca bien podría haber salido de *La letra escarlata*, de Hawthorne.

—¡Se te cae la baba! —me dice Matt entre risas.

—Perdón por la obviedad, pero todo me parece de cuento. Bueno, quizá prescindiría de los descapotables, que me resultan demasiado.

—Nada de lo que disculparte, me encanta verte disfrutar. Y de noche te mueres; muchos bares se llenan de vida después de la playa y esas lucecitas que tanto te gustan se encienden por doquier.

—¡Me encantan las lucecitas!

Matt me mira con ternura. Sé que disfruta al verme entusiasmada.

—En East Hampton hay una librería ideal para ti. Se llama Book Hampton, tiene mucha madera. Si mañana el día no está para playa, podemos ir. Al lado está el cine más clásico de la zona y al doblar la esquina hay una galería que siempre tiene muestras interesantes.

Lo tomo de la mano y agradezco por dentro haberme sumado al viaje. Es una pena no disfrutar de los lugares tan especiales a los que él tiene acceso solo por la presencia de su madre. Christina no me tiene que ganar.

Después de dar algunas vueltas al barrio, llegamos a la casa de Matt. Casi me desmayo ante su tamaño. Bien podría alojar a tres familias. La entrada majestuosa, con sus columnas y balcón, me intimida durante aproxidamente tres segundos, hasta que decido disfrutar de la postal de tejas negras y ladrillo a la vista, encabezada por las hortensias del jardín delantero.

—Hola, queridos, ¡habéis llegado!

Christina sale a recibirnos con esa sonrisa tan cálida que me conquistó cuando la conocí por primera vez. Durante los primeros diez minutos, hasta que se le vio el plumero, cuando sin mirarme a los ojos empezó a contar anécdotas sobre la ex de Matt.

—Debéis de estar agotados, ahora le pido al señor Thompson que os ayude con las maletas. —Agrega entonces su característica revisión de pies a cabeza, con esa mueca final que indica desaprobación.

—No hace falta, mamá, no vamos muy cargados.

—Hola, señora Carrington. ¡Qué bonita es su casa! —le devuelvo esa sonrisa fingida que en días como hoy me sale tan bien.

—Bienvenida, Elisa, me alegro de que te guste. Pero le hace falta urgentemente una renovación. Poneos cómodos, en media hora tenemos reserva para almorzar en el club de tenis.

Por suerte, Matt no tarda en responder:

—Si no te importa, mamá, vamos a almorzar por nuestra cuenta más tarde. Ya hemos picado algo en el coche y no tenemos hambre. Pensaba llevar a Elisa a Navy Beach o quizá a hacer pícnic en Sagg Main Beach.

—Yo no diría que es buena idea volver a subirse al coche, pero es un país libre, así que no voy a poner objeción —dice Christina mientras me perfora con la mirada y besa a Matt en la cabeza—. Iré con tu padre, que termina en un rato de jugar un partido allí. Matt, enséñale la casa a tu invitada y nos vemos luego.

¿«Tu invitada»? ¿De verdad? Aunque quizá la verdadera pregunta sería: ¿vamos a dormir en la misma habitación? Matt y yo tenemos edad para compartir cuarto, pero en casa de mis padres, por ejemplo, hay una regla tácita —y no tanto— por la que no se puede estar en el mismo cuarto con ningún miembro del sexo opuesto hasta después de dar el sí. Al menos con la puerta cerrada. Pero sin titubear Matt enfila con ambas maletas hacia su dormitorio. Y, como bien le gusta aclarar a Christina, yo no pienso poner objeción.


*Octubre de 2016*

—*La Ilíada.*

—¿Discúlpame? —contesto sobresaltada. Sebastian me sorprende por detrás mientras repongo un ejemplar de *Cuando éramos muy jóvenes* en el pequeño estante de la librería dedicado a literatura infantil.

—Ese es mi clásico preferido —me explica retomando el tema del día anterior mientras me entrega un café de Partners.

—¿Me hablas en serio? Mmm, huele de maravilla. ¿Cuál es este *blend*?

—Nunca tan en serio. Tantos aspectos del hombre englobados en un solo libro. Poco me importa si su autor fue Homero o quién. No deja de sorprenderme qué poco hemos cambiado como especie. Nos siguen apasionando los mismos temas.

—Harold Bloom hubiera estado orgulloso por tu definición de «clásico».

—Dudo que eso sea un halago, pero lo vamos a dejar pasar. Respecto al café, creo que a estas alturas puedes probar el Manhattan Blend. Es fuerte, pero ya estás para dar el salto.

—Venga, no mientas. ¿Tanto te gusta *La Ilíada*? Has visto la película con Brad Pitt.

—Me ofendes, Elisa. La película es mala, no respeta el conflicto primordial de la obra: la ira de Aquiles.

Doy un sorbo del café y no logro disimular mi rechazo. Es fuerte, mucho. Sebastian se echa a reír.

—Si te gusta la literatura clásica deberías leer... —intento cambiar de tema.

—No me digas *La canción de Aquiles*. Respeto a Madeline Miller, pero tanta licencia poética no va conmigo. Y me da pereza leer lo que está de moda.

—¿Sí? Me pareció ver que te llevabas *The Goldfinch* no hace tanto. Ah, y te cuento que iba a recomendarte a *Casandra*, de Christa Wolf.

—*The Goldfinch* es muy 2014, no diría que está de moda. *Casandra* me interesa, no lo he leído —responde Sebastian con esa mirada fija que cumple el efecto inexorable de desarmarme.

—¿Has visto? No soy tan de manual. No lo tenemos en stock, pero si te interesa te lo consigo.

—Venga. Consíguemelo, por favor, o lo compro por Amazon.

Ante mi mirada enfurecida, Sebastian suelta una carcajada.

—Te juro que desde que te conozco nunca más he vuelto a consumir ejemplares de ese monstruo capitalista y vil.

Me tomo su comentario como lo que en criollo llamaríamos «chamuyo». Pero le sonrío y espío de reojo a Oliver, que finge estar trabajando en el ordenador, aunque algo me dice que está con la oreja puesta. Decido no prestarle atención y aprovechar el tiempo que me queda con Sebastian. Sus visitas a veces duran minutos; otras, casi llegan a una hora. En general hablamos de libros y no de mucho más. Hasta ahora no me ha revelado demasiado acerca de su familia ni de su trabajo. Es un hombre misterioso, en ese sentido, y ese misterio me atrae. Y mucho. Desde siempre, el misterio ha sido un ingrediente clave para mí. Creo que eso es lo que falló en la relación con mi ex: que él fuera un libro abierto, para seguir con las referencias bibliófilas. No es que me guste la turbiedad, pero sí la intriga. Lo inesperado. Que de vez en cuando me presenten una vuelta de tuerca en el argumento predecible de la relación. «Ojo, que las sorpresas a veces son peligrosas», le gustaba remarcar a mi psicóloga de Buenos Aires. Y quizá esté en lo cierto. Quizá llegue un momento de mi vida en que valore la rutina, lo esperable, la estabilidad. Pero ese día no ha llegado aún.

—Cuéntame, Elisa, ¿qué fue lo que más te gustó de la versión de *Casandra* de Wolf?

—Mmm, veamos. Que no sea una profetisa, sino que logre sacar conclusiones respecto al futuro a raíz de su mirada penetrante del presente. Que las enseñanzas del personaje tengan que ver con dejar de lado las máscaras, la hipocresía. Y que el texto hable en parábolas. No te quiero anticipar demasiado, pero Troya representa a Alemania del Este, y Grecia, a Alemania del Oeste. Es decir, la guerra de Troya remite a la Guerra Fría. —Hablo apasionada y noto que Sebastian sonríe ante mi entusiasmo.

—*Okey*, me has convencido. Y ahora responde una pregunta más: ¿qué es lo que más te gusta de trabajar en una librería?

—¿Me estás haciendo un examen? Esa es una pregunta fácil. Sin duda: el olor a libro, al que mi olfato no termina de acostumbrarse. A diferencia del olor a panadería, que también me encanta, al menos este no engorda, ¡ja!

Sebastian sonríe levemente de lado.

—Y hay más. Ser la primera en enterarme de las novedades editoriales y aprender de clientes con buen gusto.

—¿Como yo?

Y sí. Le di pie.

—Tú todavía no entras en esa categoría. Más bien te siento como un alumno entusiasta y voraz por aprender, pero un alumno al fin y al cabo.

—Bueno, los mejores maestros dicen que aprenden de sus alumnos.

—Puede ser que en eso tengas razón. —Nos quedamos en silencio durante tres segundos entre sexis e incómodos hasta que le pregunto—: ¿Y a ti? ¿Qué es lo que más te gusta de tu trabajo?

—Que me da dinero para poder vivir en un lindo barrio y para comprarme libros en librerías y no en Amazon.

Me echo a reír y, con la excusa de tener que atender a otros clientes, me despido de Sebastian. Alguna vez me tocaba a mí cerrar la conversación.

*Julio de 2018*

Después de almorzar en Navy Beach, el restaurante preferido de Matt en Montauk, salimos a recorrer el famoso faro y a charlar de cara al mar. Me propone volver a la playa y quedarnos para ver el atardecer, pero nos entra el cansancio después del paseo y decidimos enfilar hacia Southampton para dormir una siesta.

Nos recibe el señor Thompson, un hombre amable pero silencioso. Por lo visto Christina sigue en el club o al menos está encerrada en su cuarto, hábito que suele practicar porque no nos regala ninguna de sus grandes apariciones cuando ponemos el pie en la casa.

La siesta es uno de los momentos preferidos de Matt para hacer el amor. Yo estoy un poco cansada —sigo mal dormida de anoche—, pero una vez que empieza a tocarme no me puedo resistir. A estas alturas, Matt ya sabe cómo excitarme, cómo encontrarme. Arranca con caricias en el estómago; muy leves, como si fueran meros roces, de esos que te dejan con ganas de más. Poco a poco, sube las manos hacia mis pechos y los masajea con cuidado. Sabe lo mucho que me gusta que me los toque.

Después, me quita la camiseta y me desabrocha el pantalón, sin darme besos aún. Aprovecho para mirarlo fijo; aunque lo intente, no termino de acostumbrarme a lo buen mozo que es. Sigue con suspiros en la oreja, de esos que erizan la piel.

En este punto, puedo sentir el calor que emana de su cuerpo. Del mío también. Lo tomo por debajo y lo invito a penetrarme. La siesta también es mi momento preferido para hacer el amor.

Veinte minutos más tarde estamos desnudos en la cama, arropados bajo el ventilador, entre las sábanas. Acaricio la espalda de Matt. A veces me olvido de que es tan ancha.

—¿Qué tienes ganas de hacer ahora? —me pregunta mientras me mira fijo a los ojos. Sé que en esa mirada hay amor.

—Tú eres el guía este fin de semana, pero, si te parece, podemos repetir esto, hacer un poco más el vago y después salir a tomar algo o a cenar.

—Todas buenas ideas, salvo que... Esta noche quizá podríamos comer con mis padres. Así mañana estamos libres para irnos solos a la playa.

Aunque me mortifica la idea de compartir mesa con Christina, accedo. Sé que es inevitable que en algún momento del fin de semana comamos los cuatro. Es mejor enfrentarlo de una vez.

Matt se pone a hacer zapping en la tele y yo aprovecho para leer. Busco la novela en mi maleta de mano; por un momento pensé en no traerla al viaje, pero me vencieron las ganas de avanzar en la lectura:

A Isabel la conocí en una cena, de esas a las que te invitan de relleno y no sabes bien por qué vas. Pero era sábado y hacía dos fines de semana que me quedaba en casa leyendo y subsistiendo a pedidos de comida, y con tal de tener una respuesta al siempre molesto e incisivo «¿qué has hecho el fin de semana?» de mis compañeros de trabajo, preferí ir a la cena. Justo la organizaba un tipo del trabajo. Lucas. Lucas me cae bastante bien, aunque nunca logro recordar el nombre de la esposa y me molesta esa costumbre que tiene de mostrarte trillones de fotos de sus hijos en el móvil. Pero siempre he considerado que es un buen tipo, y me invita algunos martes a jugar al póquer con su grupo de amigos.

Llegué temprano porque soy un enfermo de la puntualidad. Llevé un vino y un queso brie, y al poner el pie en su apartamento ya me arrepentí de haber abandonado la lectura de *Hojas de hierba* solo por este intento de encuentro social. Y digo «intento» porque dudaba de que fuera un verdadero encuentro social; más bien, todo indicaba que sería un rejunte de las pocas «amistades» de Lucas. Es que Lucas no tenía muchos amigos, estaba clarísimo. Si no, ¿por qué me había invitado a mí, que ni siquiera sabía el nombre de su esposa y no toleraba ver fotos de sus hijos en el móvil?

Antes de avanzar con la historia, supongo que debería aclarar qué hacía un treintañero leyendo *Hojas de hierba* un sábado por la noche. Me niego a dar la poesía por muerta y en esta cruzada me he propuesto leer un libro de poesía por semana. Es bastante, porque la poesía hay que leerla sin prisa. Los buenos poetas no usan ni una palabra de más, todas transmiten significado y emoción. No manejan el arte del desperdicio. Entonces, lleva tiempo asimilarlas. Pero ya había leído *Hojas de hierba* varias veces, hasta conozco ciertos fragmentos de memoria, y puedo darme el lujo de avanzar rápido.

Pensaba en esto cuando entré al apartamento de Lucas, que estaba desordenado, con juguetes de los chicos desparramados por el salón y olor a curri invadiendo el pasillo.

—Hola, soy Claire —se presentó su mujer al abrirme la puerta. ¡Claire! Eso era—. Lucas me habla maravillas de ti.

«¿De verdad?», pensé. Creo que yo jamás había hablado con nadie sobre Lucas..., en fin.

Claire pidió disculpas, pero debía volver a la cocina, y ya me pareció mala señal; era obvio que comeríamos tarde y empezaba a ponerme de mal humor. No hay nada que me ponga de peor humor que el hambre. Whitman tendría que esperar hasta el día siguiente. Me senté en el sillón y mientras esperaba a que apareciera Lucas, me dediqué a observar las fotos enmarcadas en la biblioteca. Fotos de la boda, fotos de la familia en la playa y fotos en Central Park. Las mismas que ya había visto en el teléfono de Lucas. Claire me pareció más guapa en la vida real, por cierto. No es el tipo de mujer que me gusta a mí, pero es atractiva, con un busto prominente y rizos llenos de personalidad. La biblioteca estaba bastante mal provista, cabe aclarar; decorada con libros de arquitectura, velas y fotos, pero con ningún ejemplar que valiera la pena, solo novelas de Danielle Steel y demás títulos correspondientes a autores de clase B. Me pone de mal humor que usen las bibliotecas como objetos decorativos y no para el fin que realmente les es propio: contener un «considerable número de libros ordenados para la lectura», tal como reza su definición. Me molesta también la gente que elige tal o cual cuadro solo si combina con tal o cual sillón. Me entristece que el arte se bastardee así. Que los hogares sean cada vez más universales y con menos personalidad; una copia barata de ideas robadas de Pinterest. Se llama Pinterest, ¿verdad? No uso redes sociales, pero estoy casi seguro de que es el nombre correcto. Hasta prefiero casas desordenadas como esta, con juguetes esparcidos por el salón, pero que están vivas, antes que esas moradas que se esfuerzan por salir en las revistas y no tienen su propia impronta.

Si quieres salir en una revista, que al menos no se note el esfuerzo.

Y mientras me sumía en estos pensamientos y mi mal humor iba *in crescendo*, llegó ella. Con la puntualidad que la caracterizaría de ahora en adelante. Isabel, me dijo que era su nombre cuando me saludó. Isabel es un nombre inmaculado, más bello que otros con tanto arte e historia, como «Beatriz». Isabel resultó ser amiga de Claire. También llegó con un vino y un brie, y lo tomé como una señal.

Soy de esos tipos que ven señales por todas partes. Es lo más cercano que tengo a una religión.

Aunque no se lo admitiría después, nunca me voy a olvidar de qué llevaba puesto esa noche, la primera en que la vi. Unas botas con apenas algo de tacón y ese perfume que después le regalé en tantas ocasiones, porque quedaba tan bien en su piel. Un pantalón negro y un suéter con cuello alto, ajustado. Siempre fui de fijarme más en la delantera que en el trasero de las mujeres. Pero ni eso es lo que más me gustó de ella. Me fijé, en cambio, en las pecas de su nariz. En su cabello, lacio y sedoso, que hasta sin olerlo sabía que tendría buen olor. En sus manos delicadas y su nariz, que no será perfecta, pero en ella lo es.

Enseguida me fijé en si tenía anillo y para mi satisfacción comprobé que su dedo anular estaba vacío. Pero no perdió tiempo en pinchar mis ilusiones cuando lo nombró:

—Perdón, que he venido sola, Claire, pero Dan estaba tan ocupado que al final no ha podido acompañarme.

Así que había un Dan. Me gustan los obstáculos y siempre he sido de aburrirme con facilidad, por lo que tener que lidiar con un contrincante no era, necesariamente, una mala noticia. Cómo llegaría a ser yo quien acompañara a Isabel a la próxima cena en casa de Claire y Lucas aún estaba por verse, pero estaba convencido de que iba a lograrlo.

Llegaron después los otros dos invitados: una pareja insulsa, Joe y Sophie; agente inmobiliaria ella, desempleado él. Pelirrojos ambos. Con un pésimo gusto para el vino. No sé por qué Lucas abrió primero el de ellos cuando el mío era claramente mejor. Una vez más, mi «amigo» comprobaba no ser tal. No me conocía; si no, habría sabido que el vino era mi *métier*.

Pero ya nada podría arruinar la cena. Había conocido a la mujer de mi vida. De qué modo se convertiría en mi esposa era otro interrogante que estaba por resolverse aún. Nada iba a detenerme, y menos un tipo llamado Dan.

—Sentaos donde queráis —fue la orden de los dueños de la casa. Apenas vi que Isabel encaraba hacia la silla ubicada al lado de la cabecera me dirigí hacia la de enfrente. Sentarme a su lado sería incómodo para la conversación, y además tampoco quise ser tan obvio.

—Michael, ¿qué haces en tu tiempo libre? —me preguntó Claire mientras me pasaba la ensalada de rúcula y parmesano con gajos de pomelo.

—Soy escritor —respondí, y enseguida noté que Isabel levantaba la vista del plato, atraída por mi respuesta.

—Qué interesante, ¡un escritor! Nunca he comido con un escritor —acotó Joe.

—Ah, ¿sí? ¿Y qué escribes? —prosiguió Claire con entusiasmo. Para alguien que exhibe, orgullosa, ejemplares de Danielle Steel en su biblioteca, ser escritor debe de ser sinónimo de ventas millonarias y estatus de celebridad, lo que estaba lejos de mi condición.

—Bueno, cuentos cortos, sobre todo, y ahora estoy trabajando en una novela —contesté con algo de pudor y a la vez queriendo ver la reacción de Isabel, que no se mostraba demasiado impresionada.

—Qué maravilloso, Lucas, ¡nunca me lo habías contado! —le reprochó Claire a su esposo, que ni debía de estar enterado de mi veta escritora. Era algo que hacía en mi tiempo libre, después de llegar a casa de mi trabajo a jornada completa.

—¿Te autoeditas? —me preguntó Isabel, y tardé unos segundos en responder a lo que, estaba claro, era una afrenta.

—No, todavía no he publicado ninguno de mis trabajos. Estoy hablando con una editorial, pero no hemos firmado el contrato aún —contesté mirándola a los ojos mientras ella volvía a clavarlos en su plato—. Te cuento que la primera novela publicada de Jane Austen fue...

— *Sentido y sensibilidad* —interrumpió Isabel—. Y ella cubrió los gastos de publicación. Estaba al tanto, gracias. Pero coincidiremos en que es la menor de sus novelas, ¿no?

—Mmm, no estoy tan de acuerdo; la prefiero antes que *La abadía de Northanger* o *Persuasión* —repliqué, al tanto de que el resto de la mesa permanecía en silencio mientras Isabel y yo discutíamos.

—¿Por qué no te gustó *Persuasión*?

—Mmm, no soy demasiado fanático de Austen, en general; los temas que toca no me conmueven.

—Bueno, no coincido en reducir la calidad de un escritor a los temas de sus obras. No radica ahí su arte. Sería como argumentar que Shakespeare fue un escritor bufonesco solo porque sus personajes se travisten de modo tan convincente que logran engañar a sus padres o amantes.

—¿Y tú, Isabel? ¿A qué te dedicas? —preguntó Joe para desviar la conversación. Lo que el resto de los comensales no entendía era que yo estaba disfrutando de ese duelo verbal y, por el lenguaje corporal de Isabel, estaba claro que ella también.

—Soy artista plástica.

—¿Ah, sí? ¿Y financias tú tus propias muestras?

No pude contenerme, aunque después me arrepentí de haber caído en un retruco tan obvio.

—Isabel es una artista muy respetada, acaba de volver de exponer su obra en la feria Frieze de Londres —interrumpió Claire orgullosa de su amiga.

Le pregunté de dónde eran amigas; era un misterio que necesitaba desvelar de modo urgente. Había algo en Isabel que me cautivaba, pero si era tan amiga de una mujer como Claire, entonces quizá mi instinto estaba errado.

—Estudio teatro con su marido, Dan. Y, a raíz de eso, la conocí a ella.

Claire se sonrojó al darme su respuesta y por primera vez en la conversación fijó la mirada en el plato, antes de pedirle a Sophie que le alcanzara la sal. ¿Y Lucas? Inmerso en la conversación con Joe, le mostraba fotos de los chicos en su teléfono.

Qué ganas tengo de conocer a este autor. Hacerle tantas preguntas en directo acerca de su protagonista. Comprobar qué rostro tiene alguien con quien, apuesto, podría debatir durante horas. Porque eso es lo que le falta a Matt. Un poco de chispa, de picardía, seducirme con duelos verbales que me interpelen. Bien, Elisa. Tú solita has arruinado el momento; momento que para la mayoría no podría ser más perfecto: en la cama, con tu novio, en una casa soñada en los Hamptons. Sin tu suegra en el radar.

Me cae una lágrima y me apresuro en borrarla de mi rostro, aunque Matt esté demasiado concentrado en *Friends.* No es justo que una de mis mitades sienta que Matt no es suficiente o cómo sería un encuentro con un escritor misterioso. Pero, si me sincero, lo más injusto de todo es querer saber qué es de la vida de Sebastian. Porque, aunque me esmere en luchar contra este afán, lo cierto es que este siempre termina vencedor.

Decido ir a ducharme y de fondo Matt ríe a carcajadas ante el canto de Phoebe sobre un gato hediondo, ignorante respecto de lo que nubla la cabeza de su novia. Y yo no se lo pienso hacer saber. ¿Para qué arruinarle un momento que para él sí es perfecto?

*Octubre de 2016*

Todo ser humano merece vivir algún otoño en Nueva York. Hasta Richard Gere y Winona Ryder filmaron una película con ese nombre. El clima es ideal, fresco pero seco a la vez. Las hojas de los árboles se tiñen de tonos dorados y rojizos, y una fiesta de color empapa la ciudad. En octubre, Halloween es otra fiesta en sí misma. Cada casa compite con la anterior para ver cuál regala un espectáculo más vistoso, y lo mismo pasa con las vidrieras. Uno de mis planes favoritos es arrancar la mañana camino al trabajo deteniéndome a apreciar la decoración de cada porche. Amo la palabra «porche», me remite a las películas dobladas al español que veía durante mi infancia. Con «fresa» y «emparedado» me pasa lo mismo. ¿Es un porche eso a lo que me refiero? No lo sé, pero ya tengo edad para ampliar mi léxico arquitectónico. Me refiero a esas entradas escalonadas que presiden las casas del West Village. La típica de Carrie Bradshaw en la que los turistas frenan para sacarse una foto antes de seguir camino hacia Magnolia Bakery y hacer otro tanto.

Amo también que los norteamericanos se esmeren en cada una de sus festividades. No soy ingenua, entiendo el negocio que hay detrás, pero encontrar excusas para festejar la vida es un arte que los argentinos podríamos aprender. Ya lo dijo Eddie Cantor: «Anda despacio y disfruta de la vida. No es solo el paisaje lo que pierdes por ir tan veloz; también pierdes el sentido de a dónde vas dirigido y por qué».

Desde que Sebastian entró en mi vida me siento inspirada, conectada con detalles que antes no me detenía a registrar. Insisto en que ahora entiendo todas esas metáforas románticas que comparan el enamoramiento con andar levitando sobre el suelo; por primera vez me siento flotar, elevada. «Entró en mi vida», ja. Si alguien me escuchara, podría tildarme de demente. Nuestra relación no pasa de un coqueteo entre las cuatro paredes de Three Loves. No tiene mi teléfono, lo que quizá en el siglo veintiuno es mucho pedir, pero ni siquiera llegamos a ese hito de las relaciones millennial: seguirnos en Instagram, Facebook y demás. El otro día dejó deslizar que no usa redes sociales y le parece patética la gente que exhibe su vida ante extraños. «Peor aún son los que juran que su cantidad de amigos equivale a su cantidad de contactos en Facebook»: Sebastian *dixit*; motivo suficiente para rebanarme las falanges antes de osar enviarle cualquier tipo de solicitud. Porque admito que ganas no me faltan.

Esa mañana no llego primera a la librería. Allí se halla otra de mis compañeras, Carol, para informarme de que Oliver está enfermo y que ella va a reemplazarlo. Carol y yo no tenemos demasiado en común. Ella es introvertida, vegana y parece un poco enojada con la vida. Es de esas personas con las que a uno le da miedo discutir, ocasión en que deja su introversión de lado y eleva la voz a un timbre que invita a la riña o a taparse los oídos.

Me distraigo unos minutos mientras las hojas amarillas del arce de azúcar caen a través de la ventana. Qué linda sensación la de pisar esas hojas crujientes; es una de mis preferidas, compite codo a codo con la de introducir los pies en el mar.

—Lo único que me falta para que este momento sea perfecto es un rico café —le comento a Carol, que no acusa recibo y ni siquiera levanta la vista de su teléfono. Seguro que está dejando comentarios *haters* en alguno de los foros donde es activa.

La mañana se torna tediosa, con visitas esporádicas y breves por parte de clientes que no quieren comprar, sino que deben de haber leído en algún blog que Three Loves es una de las librerías más bonitas de Nueva York.

No sé a cuáles prefiero, si a estos o a quienes me roban información para después comprar en Amazon. Es fácil reconocer a los que solo vienen para la foto. Entran, ni saludan, sacan el móvil del bolsillo, toman dos o tres fotos, con suerte filman un vídeo y se van. Los más descarados posan con algún libro mientras su compañero saca la instantánea. Apuesto a que después no les dan los dedos para aplicarle unos cuantos filtros y subirla a la red social de su agrado. Yo entiendo el exhibicionismo al que alude Sebastian, pero más me molesta cuando es un exhibicionismo esnob..., aunque, pensándolo bien, lo prefiero antes que a las «selfis» en el ascensor o en biquini, esas que ¡oops! de casualidad enfocan hacia la delantera. Si esta no es lo bastante prominente, no hay por qué temer: se la ayuda con un ¿disimulado? apretón de brazos y ya.

¡Me deprimen los días en que hay tan pocas ventas! Y peor es cuando se frustran porque el cliente no valora nuestra recomendación. Hoy ha venido un señor de cincuenta y pico en busca de «el último libro de John Kennedy Toole»; no he entendido si me estaba tomando el pelo. Le he respondido que solo había publicado *La conjura de los necios* y encima póstumamente. Ha refunfuñado algo por lo bajo que no logré descifrar y se fue. Y después, una pareja que se veía muy enamorada me ha pedido *Jane Wind* de Charlotte Brontë (ella) y *La sangre tibia* de Truman Capote (él). ¿Acaso se han puesto de acuerdo en decir pavadas o hablaban en serio y eso mismo fue lo que los había atraído? ¿Su ignorancia?

¡Hasta me quedo con los días en que solo me toca

ordenar estanterías, un aspecto tedioso de mi trabajo! Pero lo prefiero antes que a los clientes tiranos, que piensan que el librero lo sabe todo y montan una pataleta cuando no logramos descifrar a qué título se refieren cuando describen «un libro de tapa verde que no se consigue en Canadá y que recomendaron en la radio». Intento ser respetuosa con el cliente siempre. Porque el cliente es sagrado. Pero me exaspera que piensen que tengo el catálogo entero de la literatura universal entre los sesos. Estamos bien capacitados en Three Loves, pero semejante empresa es imposible.

Y pensar que nos caracterizamos por ser de las últimas librerías de barrio de la zona, aquellas en que los libreros somos verdaderos apasionados por la lectura... A veces creo que los vecinos no terminan de valorar nuestra presencia. Somos acogedores. Somos un oasis. Somos un reducto en el que...

Ring, ring.

Es él.

—Hola, Elisa, ¿cómo estás? Se te ve pensativa.

—Estoy bien, gracias. Disfrutando del otoño. Dime que has traído café y te hago un monumento.

—Estamos sincronizados, te he traído café. Elevante Blend para usted, señorita. —Me gusta esa mezcla en el trato de Sebastian, entre amable y seductor. No llega a «buenazo». No es que me guste que me maltraten, pero si mi candidato trajera café todos los días, sonriente y sumiso, perdería un poco de su encanto. En cambio, él me lo entrega con sus manos masculinas mientras me mira fijo y da un sorbo al de él. No me sonríe, pero sé que lo hace por dentro. Lo sé—. Viene de Sudamérica, así que me ha recordado a ti.

El «ring, ring» vuelve a sonar para anunciar a un cliente mayor en busca de recomendaciones para su nieta. Carol está inmersa en la lectura de *Lucy*, de Jamaica Kincaid, y me da pánico interrumpirla.

—Atiende al hombre tranquila, yo te espero —se anticipa Sebastian.

Intento ser lo más expeditiva posible, pero el anciano no tiene claro qué busca. La consigna es complicada: una novela romántica pero sin escenas «subidas de tono», que sea un clásico pero no un cliché. Me rechaza tres opciones hasta que queda conforme con *Aura*, de Carlos Fuentes, y entonces le hago señas a Carol para que le cobre. Tampoco puedo lidiar con todo.

—Impresionante cintura para despachar al octogenario. ¡Salud! —dice Sebastian fingiendo un brindis entre nuestros cafés—. No he leído nada de Fuentes todavía, voy a volver para que me recomiendes autores de habla hispana. Hoy he venido para contarte que tengo que viajar por trabajo y me ausentaré de Nueva York durante dos semanas.

—Uy, qué pena. Te pierdes mi momento preferido en la ciudad —respondo simulando que no me importa no verlo durante tanto tiempo. Y, en verdad, no me importa tanto: valoro más que haya pasado para anunciármelo. Eso sí que es un hito, más que cualquier solicitud en una red social.

—Ojo, que diciembre tiene lo suyo, ¿eh?

—¡Me congelo en diciembre!

—Ja, ¡qué argentina eres! —dice entre risas—. Voy a enseñarte lo bonita que se pone la ciudad hacia fin de año.

—Como neoyorquino, hubiera dicho que odiarías las aglomeraciones de turistas.

—Las tenemos todo el año, es solo cuestión de saber evitarlas. Además, algunos extranjeros que nos visitan no están tan mal. Nos vemos pronto, Elisa. Ve pensando qué autores argentinos me vas a recomendar a mi vuelta.

Paso el resto de la tarde tarareando canciones y con una sonrisa en el rostro que ni Carol logra borrar, aunque está claro que a ella le molesta que sonría tanto.

# 4

*Julio de 2018*

Llegamos a Sant Ambroeus, puntuales a las siete. Nada irrita más a Christina que la impuntualidad. Los padres de Matt ya están en la mesa; me alegra saber que la reserva es en la terraza y no dentro, donde la acústica no es del todo agradable. Me encanta comer afuera, y más en noches de verano como esta.

—Hola, Elisa, estás muy guapa —me dice mi suegro, algo no muy frecuente en él. Apuesto a que ha estado practicando mi nombre antes de que lleguemos.

—Gracias, señor Carrington.

—¡Llámame Bob! —me contesta entre risas, y noto que su vaso de whisky está casi vacío. Quizá tanta simpatía venga por ahí.

Hasta ahora Christina no ha emitido sonido alguno, más que una sonrisa al vernos llegar, y luego se ha dispuesto a mirar el menú, concentrada. Matt y su padre son de pedir comida para un regimiento; les gusta probar diferentes platos y compartir. Ella, en cambio, suele pedir su propia ensalada. Así que no sé qué evalúa tanto mirando la carta. Es muy rigurosa respecto a su alimentación.

—¿Elisa? ¿Cómo te tratan los Hamptons?

—Maravillosamente bien, señor Carr..., digo Bob. Estoy encantada con el lugar. Su casa es un sueño y Southampton es bellísimo. —Mientras contesto, procuro recordar el retrato robot que me desglosó Amalia. ¿Tengo que nombrar East Hampton o no? ¿Se supone que Amagansett era chic? Ya me he liado.

—Hay tanto nuevo rico hoy en día... Ya no es lo que era —comenta Christina antes de pedirle al camarero una rodaja de limón para su vaso de agua.

Prefiero no contestar, así que opto por sonreír y quedarme en silencio antes de refugiarme detrás del menú. No sé si Matt registra mi incomodidad o qué, pero desvía la conversación hacia temas de trabajo con el padre. Yo pongo *off* por un rato y me dedico a observar las mesas ajenas. Siempre me ha divertido elucubrar qué historias esconden mis compañeros de restaurantes. En misa, de pequeña, hacía lo mismo cuando el cura prolongaba demasiado el sermón. A nuestra derecha, por ejemplo, hay una pareja que claramente está en su tercera cita: en vez de enfrentados, se sientan uno al lado del otro, aunque no despliegan la confianza ni la soltura propios de una relación más afianzada. Iba a mencionar el «cariño» pero ¿quién dijo que las relaciones más duraderas son las más cariñosas? No siempre es así. En cambio, no hay nada mejor que la magia de las terceras salidas. En mi opinión, ella se echa el pelo detrás del hombro con más frecuencia de lo aconsejado y se ríe con esmero ante los chistes de él. Está claro que no le gusta tanto el alcohol, pero hace el esfuerzo por terminar la copa de vino, blanco, claro, para no mancharse los dientes. Buena jugada.

A mi izquierda hay dos parejas de unos sesenta años que parecen estar bastante atentas a nuestra conversación. Apuesto a que conocen a mis suegros, aunque Matt no los ha saludado al llegar, y él siempre saluda a los amigos de sus padres. Bueno, amigos no serán, pero podría apostar que conocen a la familia. Todos conocen a los Carrington en Southampton.

La mesa del fondo también me llama la atención: está compuesta por cuatro amigas treintañeras. Lejos están de ser madres que se hayan tomado la noche libre de sus quehaceres hogareños: al contrario, parecen Carrie, Samantha, Charlotte y Miranda en una noche de copas. ¿Dónde seguirán la velada después? Ríen a carcajadas y van por el segundo mojito. La escena me roba una sonrisa. Cuánto daría por estar en esa mesa...

—El jaleo que están montando esas mujeres es de pésima educación —comenta Christina, no sé a quién, porque a mí no me mira a los ojos y los hombres siguen inmersos en su charla de negocios.

La noche va a ser larga, así que le pido una copa de vino tinto al camarero antes de aceptarle una rebanada de pan con mantequilla.

## Noviembre de 2016

—¿Qué pasa, Elisa? ¿Estás triste porque tu novio te ha dejado? Hace días que estás con cara larga —me dice Oliver. Finjo no haberlo escuchado mientras chequeo inventarios en el ordenador.

Ya han pasado dos semanas y Sebastian todavía no ha vuelto de su viaje. Los días se tornan aburridos sin él. Cada vez hace más frío en Nueva York y el entusiasmo que sentí con la llegada del otoño está mutando hacia las molestias que me causan las temperaturas gélidas. Y eso que lo peor está por llegar, al menos todavía no oscurece tan temprano ni ha nevado; sí, nieve, esa que se ve tan pintoresca en las fotos, pero que es un incordio para quienes vivimos en una ciudad. Es sucia, resbaladiza y no congenia con cuerpos torpes como el mío.

Los primeros días de ausencia de Sebastian aproveché para hacer piña con mis compañeros de Three Loves. Bah, en especial con Oliver, el único que se muestra molesto cuando dejo de lado a otros clientes. Le ofrecí retomar el ritual de turnarnos para comprar el almuerzo y hasta organicé un *after office* en la terraza de casa para aprovechar los últimos días en que aún se tolera estar al aire libre. Básicamente, me esmeré en ser la empleada del mes.

Pero hacia la segunda semana se me desinflaron los ánimos. Es que soy una romántica empedernida. Desde que lo conozco, el momento más memorable de mis días son las visitas de Sebastian. Y ahora que ya han pasado las dos semanas, mi ansiedad se ha disparado a límites descomunales. Peligrosos. Tengo tortícolis de tanto girar la cabeza hacia la puerta cada vez que oigo el «ring, ring», suspendí el ritual de dejar la librería para almorzar y hasta caí en el vicio de acechar a Sebastian a través de internet, aunque no encontré nada revelador, más que su perfil de LinkedIn. ¿Y quién no está al tanto de que LinkedIn delata los nombres de quienes visitan tu cuenta? *Stalkear* por LinkedIn es para principiantes.

Ya son las siete y está claro que Sebastian no va a venir hoy. Hago tiempo hasta y diez pasadas, pero no quiero perderme mi clase de gimnasia, que empieza a y media y exige puntualidad. Me viene bien ir a descargar un poco de ira.

Mañana será otro día.

*Julio de 2018*

—No estuvo tan mal anoche, ¿no? —me pregunta Matt después de darme un beso de buenos días.

Me quedo en silencio unos segundos para medir mi respuesta. No quiero arruinar el fin de semana montando una escena respecto a Christina, pero tampoco me sale fingir. Un «mmm, mmm» es lo más cercano a una respuesta afirmativa que puedo esbozar.

Matt no es idiota, me da otro beso en la cabeza y, sin más, se encierra en el baño. Y después dicen que las mujeres somos las que lo acaparamos. Nunca he conocido a un hombre que tarde tanto en el baño por la mañana.

Mientras lo oigo ducharse aprovecho para vestirme. No sé bien cuál es el plan para hoy, pero no me animo a salir a desayunar en *robe de chambre*, así que elijo uno de los vestidos blancos de Amalia y me lo pongo encima de la ropa interior.

—Elisa, voy a salir a correr, ¿quieres venir? —me grita Matt desde la ducha. «Ja, espérame sentado», respondo para mis adentros y sonrío con ironía. Matt sabe que yo no corro ni la cortina. Caminar sí, pero correr...

Matt sale de la ducha con la toalla envolviéndole las caderas. Una de esas toallas mullidas y *extra large*, claro. Como las de hotel. Christina no compraría ninguna otra. Pero decido quitarme a mi suegra de la mente y me dedico a observar a mi novio mientras sacude la cabeza antes de peinarse. Está perfumado y un poco mojado todavía. No sé en qué momento logré que se enamorara de mí.

Me esfuerzo para no llorar. Estoy emocionada, no sé por qué. Estoy tan contenta con Matt y, sin embargo... No, mejor no entremos ahí. Debo de tener algún ataque hormonal.

No me animo a bajar a desayunar sola, no vaya a ser que tenga que compartir mesa con Christina, así que mientras Matt sale a correr enciendo la televisión. *Infortunada noche* me mira, seductora, desde la mesilla de noche, pero ya he decidido que no voy a leerla más. Al menos hasta que vuelva a Manhattan. No me gusta esta Elisa en su faceta Bovary. Prefiero aprovechar para ponerme al día con *The Crown*.

—Hola, Elisa, ¿tienes un minuto?

La voz de Sebastian me sorprende por detrás y doy un salto que revela una pizca de susto, algo de nervios y mucha alegría. Por fin ha acabado el martirio de la espera y estoy segura de que él puede leer a través de mi sonrisa. Pero Sebastian me devuelve otra igual de grande y entonces sé que somos dos los que estamos contentos por el reencuentro.

La incertidumbre me estaba matando y, además, ya estaba harta de elegir con cuidado mi atuendo todas las mañanas esperando a que Sebastian se dignara a aparecer, solo para volver a casa por la noche frustrada por haberme emperifollado en vano.

—Si tienes veinte minutos para salir, me gustaría llevarte a Partners para mostrarte una sorpresa.

—Acabas de pedirme un minuto y ahora resulta que son veinte. Veo que eres bastante manipulador, querido —le contesto haciéndome la interesante cuando en verdad tengo ganas de responder con un rotundo sí.

—¿Manipulador? Qué feo. Mejor llámame exagerado. O persuasivo.

—La palabra «manipulación» tiene mala prensa, pero no hay nada de malo en usar la inteligencia o la palabra para conseguir un objetivo.

—En especial cuando es noble, ¿no? Me gusta cómo piensas.

—Ja, en esto somos parecidos: es típico mío hacer comentarios categóricos y rematarlos con un «¿no?», tal como le encanta remarcar a mamá. Les quito fuerza —insiste—. Pero yo intento explicarle que mi «no» no indica dudar de aquello que he afirmado, sino que es una invitación a que el interlocutor pueda elaborar su visión del asunto.

—¡Exacto! Opino igual. Se trata de abrir el diálogo...

Seguimos debatiendo acerca de la connotación de la palabra «manipulación» mientras tomo mi abrigo y hago señas a Oliver de que salgo a almorzar.

En el camino a Partners Sebastian me cuenta que ha viajado a Francia y mientras lo escucho siento alivio de que la química entre nosotros siga intacta. Admito que parte de mi ansiedad se debía a la incertidumbre de cómo sería la dinámica después de semanas sin contacto.

Esa faceta antimillennial de él, tan reacia a las redes sociales y el móvil, me pareció simpática al principio, y hasta un poco sexy; pero durante el viaje me estorbó. Me hubiera encantado compartir su día a día, que me mandara fotos de París. De sus desayunos con cruasanes, paseos por los Jardines de Luxemburgo y visitas al museo de Rodin. No conozco París, pero sé que cuando vaya voy a hacer todo eso. También planeo perderme en Le Marais, visitar la casa de Victor Hugo en Place des Vosges y alquilarme un apartamento en Saint Germain, para estar cerca de La Palette y poder hacer el ritual diario de los quesos y el vinito de las siete.

¿Es de friki tener tan programado un viaje que no está ni cerca de suceder? Siempre he sido así respecto a las ciudades que tengo pendiente visitar. Las analizo y estudio con minuciosidad porque, tal como decía una profesora de Historia, al viajar «se disfruta más reconocer que conocer». Además, al planear el viaje uno ya empieza a vivirlo y disfrutarlo.

La cuestión es que siento que cada vez hay más confianza entre Sebastian y yo. Del viaje me trajo un ejemplar en tapa dura de *París era una fiesta*, libro que ya sabe que me fascina. De Boris Vian, *La espuma de los días* y también *Opus nigrum*, de Yourcenar. Pero quizá el regalo más tierno es un llavero megakitsch de la Torre Eiffel.

Llegamos a Partners y me sale abrazarlo ante lo que veo: un cartel en la puerta anuncia que durante todo el día venden «churros con dulce de leche, especialidad argentina».

—Al pasar por la puerta no pude no traerte a que lo veas en persona —explica con una sonrisa.

Nos ponemos en la cola para comer los churros, que tienen una pinta exquisita, y decido, sin un ápice de culpa, que este será mi almuerzo de la jornada.

—Ya que estamos en temática argentina, recomiéndame algún escritor de tu país.

Como a Sebastian también le gusta Francia le recomiendo que empiece leyendo a Cortázar.

—*Hopscotch* es el nombre de la traducción inglesa de *Rayuela*. Primero te aclaro que a muchos lectores los desilusiona o aburre. Pero me interesa saber cuál es tu opinión.

Sebastian no es de esos lectores esnobs que dicen que les ha gustado un libro solo porque es un clásico o está «bien visto» en el mundillo literario. No es políticamente correcto; al contrario, sus opiniones son siempre originales y sexis.

—¿Y si tuvieras que recomendarme a otro?

—Mmm. Déjame pensar. Quizá a poetas como Alfonsina Storni, Juan Gelman y Oliverio Girondo, tres básicos con los que empezar.

—Tomo nota. Aunque debo admitir que no disfruto tanto de la poesía cuando está traducida. Salvo la de Neruda, encontré un traductor que es impecable.

—Tienes un punto —le concedo mientras llega nuestro turno en la caja e insisto en que me deje pagar a mí.

—Debes de ser de las últimas mujeres que usan Instagram y leen poesía a la vez...

—¡Mentira! ¿Qué me dices del fenómeno Rupi Kaur?

—Ja, ya me parecía que estábamos coincidiendo demasiado por hoy. No me vengas con Kaur. Poetas son Walt Whitman, Robert Frost, Auden, Baudelaire, Sylvia Plath.

—Esos son clásicos y, desde ya, sería una ignorante si negara que su pluma es excelente. Pero el mundo está cambiando, Sebastian. Que Rupi Kaur use Instagram para dar a conocer su poesía no me parece menor. Es más, me parece loable. La aplaudo. Los poetas ya casi no tienen lugar en el siglo veintiuno. Entiendo que para muchos Kaur está sobrevalorada y que es un fenómeno comercial, pero al menos trae la poesía a colación.

—Yo aplaudo que internet haya abierto las puertas a muchos escritores amateurs, que de pronto suman seguidores y se convierten en escritores profesionales de la noche a la mañana. Grandes talentos nacen así. Pero también es peligroso: hay mucho embustero que pulula por la web y que, lejos de poner el esfuerzo y la dedicación en el arte de la palabra, la bastardean. No tienen calidad. Y en general, discúlpame, estos «autores» lo único que hacen es reunir un manojo de frases trilladas, que saben que funcionan con el público, porque su único objetivo es vender. Y un escritor que tiene como norte las ventas no es un buen escritor.

No siempre coincido con Sebastian, y me encanta. Hasta es más divertido cuando discrepamos acerca de tal o cual autor; puedo sentir la tensión sexual mientras él alaba a García Márquez y yo argumento por qué no me resulta un autor afín, o mientras él se acalora explicando por qué no es cierto que John Fowles abusa de la ironía y la parodia mientras yo insisto en refutarlo. Lo escucho contradecirme y me dan ganas de que al terminar de hablar me coma la boca de un beso.

En cambio, volvemos a la temática de literatura argentina y mientras nos sentamos y elogio lo ricos que están los churros, Sebastian me pregunta:

—Si tanto te gusta tu país, ¿por qué te viniste a Nueva York?

—Es una buena pregunta. Supongo que necesitaba un cambio de aire. Corté después de una relación larga, estaba frustrada con mi trabajo de periodista y decidí aprovechar mi ciudadanía americana para venir a probar suerte.

—¿Y eso de la ciudadanía americana? ¿De dónde viene?

De nuevo Sebastian y su manía de mirarme fijo mientras hablo.

—Nací en Estados Unidos, porque mi familia vino unos años aquí por el trabajo de papá, hasta que en su empresa hubo reducción de personal y tuvimos que volver a Buenos Aires. Él dice que a la larga siempre íbamos a volver. Los argentinos somos muy arraigados a nuestro país, la familia, los afectos. Pero yo no sé si le creo demasiado... era pequeña, pero todavía me acuerdo de que fueron años muy duros en casa. A todos nos costó el cambio. Papá no encontraba un trabajo que lo hiciera feliz o, mejor dicho, un sueldo que lo hiciera feliz. Mis padres discutían constantemente, a mamá le fue difícil volver a adaptarse a la vida de allá, y mis hermanos y yo nos sentíamos los bichos raros del colegio.

Dejo de hablar por unos segundos, para no acaparar la conversación. Tengo ganas de saber todo acerca de la vida de Sebastian pero me carcome la culpa ante la hora. Sé que han pasado más de los veinte minutos que me iba a tomar. Ya lo dijo Bergson: la *durée*, la duración, es el tiempo subjetivo, psicológico, por el que dos días pueden parecer meses para algunos y, en cambio, un mes puede sentirse como una semana para otros. Nada tiene que ver con el tiempo físico, que es el de los relojes. Basta pensar en los personajes de *El desierto de los tártaros*, acongojados por la espera, consumidos en vilo de una esperanza. Con Sebastian en la ciudad siento que el tiempo se me escapa, que es escurridizo, y lo disfruto mucho más.

El problema es que diciembre equivale a ventas disparadas; aunque «problema» y «ventas disparadas» no deberían coincidir en la misma oración, conviven cuando resultan un obstáculo para quedarme toda la tarde con Sebastian.

—Te diría que es tu turno de explayarte, pero me parece que tengo que volver a la librería —agrego, finalmente, con culpa.

—Es cierto, yo también debería irme, pero quédate tranquila, que ya tendremos tiempo de seguir la charla. Antes de despedirnos, déjame que te diga una cosa.

—A ver —le digo, con nervios ante su respuesta, mientras rezo para mis adentros para que de una vez me invite a salir.

—Tienes dulce de leche y azúcar en la comisura de los labios.

Sebastian termina la frase y nos echamos a reír.


El resto de diciembre sigue con su ritmo frenético, pero Sebastian no deja de visitarme en Three Loves. Me da rabia disponer de poco tiempo para mi cliente favorito: en una de sus últimas visitas, por ejemplo, tuve que interrumpir la charla sobre la parodia a Jean-Paul Sartre en *La espuma de los días* para atender a una joven desesperada por conseguir una novela romántica para una amiga, y antes de eso nuestra discusión sobre cómo puede ser que los Premios Nobel no hayan premiado a autores como Borges o Yourcenar se cortó en seco a raíz de la llegada de una madre que esta Navidad quiere regalar libros a cada uno de sus hijos. Y son siete. ¿Quién tiene siete hijos hoy?

Ayer, ante mi rostro abrumado, Sebastian directamente se limitó a traerme el café del día y se fue. También me da rabia que él no avance y me invite a salir. La escapada a comer churros a Partners estuvo bien pero no cuenta como salida formal; me gustaría poder conversar sin estar pendiente del reloj o preocupada por la cara con la que me va a recibir Oliver a mi vuelta. ¿Acaso soy la única que se da cuenta de que la química entre nosotros es evidente? No entiendo qué espera para dar un paso más. ¿Acaso no tiene ganas de darme un beso él también?

—Espero que no venga tu noviete hoy, son las once de la mañana y ya no damos abasto —me dice Oliver con una mirada llena de reproche, como leyendo mis pensamientos.

—Punto uno, no es mi novio; punto dos, sé organizarme perfectamente bien, así que no seas quejica. Si tan ocupados estamos, dedícate a lo tuyo y no te metas en...

—Bueno, bueno, ¡tranquila! No te enfades, no le voy a prohibir la entrada. Además, pensándolo bien, no quiero volver a verte con la cara larga que tuviste durante su ausencia.

Le doy la espalda a Oliver y aprovecho para poner en orden los estantes de Ficción Contemporánea; así estoy más tranquila cuando venga Sebastian. A ratos, freno para acariciar el llavero de la Torre Eiffel que llevo en el bolsillo.

A eso de las seis y media ya estoy harta de haber trabajado todo el día. Por un lado, las horas pasan más rápido cuando hay tanto movimiento, pero llega la tarde y mi cuerpo no puede más. Hoy ni siquiera he almorzado.

Ring, ring.

—Hola, Elisa.

La voz de Sebastian aparece por detrás y pego un salto del susto. Él estalla en carcajadas.

—¡Basta de reírte! ¡Me he asustado! —le contesto mientras yo también me río.

—Ese saltito tuyo se está volviendo costumbre y me resulta muy simpático —explica Sebastian mientras me entrega un chocolate—. Hace frío y estás a mil, he imaginado que un chocolate te iba a venir bien para reponer energías.

Si Sebastian no está interesado en mí, entonces no entiendo a qué demonios estamos jugando. Le agradezco con una sonrisa y devoro el chocolate en el acto.

—Veo que estabas hambrienta, ¡ja! Termina de trabajar tranquila, yo tengo que elegir algunos regalos.

Aprovecho que se dirige a la sección de Historia para ayudar a Oliver a envolver las compras de los últimos clientes de la tarde. Porque esa es otra tarea que surge cerca de las fiestas: la de hacer paquetes, cuando el resto del año entregamos los libros en una bolsa y ya. A mi torpeza le cuesta horrores envolver, así que espero que Oliver valore el gesto.


*Julio de 2018*


Desde que ha vuelto de correr Matt está callado. Como ensimismado, más bien. No parece enojado ni de mal humor, ni debería estarlo; ya han pasado dos días desde nuestra llegada a los Hamptons y mis malabares para responder las preguntas incisivas y capciosas de Christina vienen dando resultados. No sé qué le pasará, pero se ve que algo tiene en la cabeza.

Llegamos de la playa a eso de las cinco y Matt se vuelve a duchar. Por un segundo pienso en meterme en la ducha con él, pero no tenemos mucho tiempo y ya sabemos cómo termina eso. Tengo que hacerme las manos antes de salir a comer. O al menos quitarme el esmalte. Hace como diez días que uso este color burdeos y ya ha empezado a descascarillarse. Apuesto a que a Christina le parece de ordinaria. Un espanto.

—¿Estás lista, Elisa? Nuestro ferry sale en breve —me grita Matt desde el baño.

—¿Ferry? ¿A dónde vamos? —respondo mientras me limo la mano izquierda.

—¡Sorpresa!

Yupi. Amo las sorpresas. Solo espero que esta sea de las buenas y que implique una rica cena, para dos.

Treinta minutos después estamos a bordo del barco, camino a Shelter Island. Por la descripción de Amalia me acuerdo de que es uno de los rincones más tranquilos de los Hamptons.

—Me parece que te va a gustar al restaurante al que vamos hoy. Podríamos haber llegado en lancha, pero eso implicaba venir con papá y tenía ganas de que solo fuéramos tú y yo.

Sonrío a Matt, que sabe planear veladas perfectas; con algunas excepciones, cabe aclarar, como aquella vez de *El rey león*, pero nadie es perfecto.

Llegamos a Shelter Island y compruebo que estamos en otro mundo. El restaurante elegido por Matt es Sunset Beach, que tiene un aire afrancesado, europeo. No he ido a Europa, pero es fácil reconocer el estilo, en especial cuando Buenos Aires es tu ciudad natal. Ya me siento a gusto.

El maître nos sienta en nuestra mesa y nos ofrece una manta, porque hay una brisa leve. Llegamos justo para ver el atardecer, que desde esta costa es hermoso. Nuestro camarero nos sirve una copa de vino blanco y estoy cada vez de mejor humor.

—Este restaurante es de André Balazs, es de mis preferidos.

—No sé quién es Andrés, pero estoy feliz. Excelente elección, Matt.

—Ja, ¡y te amo por eso! Me encanta que no sepas quién es «Andrés».

Me quedo en silencio ante la expresión «te amo». No somos de usarla así como así. Todavía no termino de acostumbrarme a escucharla. En el buen sentido: suena tan bien... Le devuelvo una sonrisa cálida a Matt y tomo otro sorbo de mi vino.

—Yo también te amo, Matt —respondo por fin. Y no porque me sienta obligada, sino porque lo siento, y más hoy. Más aquí.

—Qué bueno que sea correspondido, porque entonces lo que sigue es más fácil...

En esas Matt toma una caja de terciopelo del bolsillo de su chaqueta y yo sé lo que va a venir a continuación.

—Te amo, Elisa, y quiero pasar el resto de mi vida contigo. Quiero tenerte siempre cerca de mí, aprender de ti, de tu humildad. Y quiero hacerte feliz.

Matt no es hombre de muchas palabras, pero tiene un don para encontrar las adecuadas.

Yo me quedo en silencio, sin poder creer la escena que estamos viviendo. Nunca habíamos hablado de matrimonio y admito que me toma por sorpresa. Pero ¡claro que quiero! Lo amo yo también. Y es lo más cercano a la perfección que voy a encontrar.

—Bueno, ¿y? No te quedes callada, no es tu estilo... —me dice Matt, entre risas que se notan un poco incómodas. Nerviosas.

—¡Claro que acepto, tontito! No hay nada que pensar.

Me permito por fin sentir la emoción del momento y me levanto de la silla para acercarme a él y darle un beso en la boca. Me siento en su regazo y lo abrazo. De reojo veo al camarero de nuestra mesa, que claramente se ha dado cuenta de la situación y toma una distancia prudencial. Matt hace un gesto para llamarlo y le pide una copa de champán. El rostro de Sebastian se cuela en mi cabeza y no puedo evitar pensar cómo hubiera sido la propuesta de él. Pero me esfuerzo en apagar esos pensamientos y tampoco me cuesta tanto. Estoy feliz.

*Diciembre de 2016*

Son casi las siete y ya es hora de cerrar. Oliver tiene que terminar una monografía para mañana y me ha avisado temprano de que no tendría tiempo para ayudarme con la caja, así que la tarea hoy recae en mí.

Empiezo a bajar las persianas y anuncio a los pocos clientes que quedan que estamos próximos al cierre, me doy prisa en cobrarles y se van. Bajo la música, apago algunas luces y compruebo que el efectivo de la caja coincida con lo que marca el sistema.

Al rato me doy cuenta de que estamos solos Sebastian y yo. Lo contemplo durante unos segundos mientras él está de espaldas.

—¿Y? Desde hace rato husmeas los libros de Historia. ¿Has encontrado algo interesante? —le pregunto mientras apago el ordenador, antes de acercarme a su rincón.

—*El baile de Natacha*. Veo que ya estás cerrando, así que mañana paso a buscarlo.

—¿Te gusta la historia rusa, entonces?

—Sé poco del tema, pero quiero aprender más. Disfruto mucho de la literatura rusa y no estaría mal profundizar, ¿no?

Sin levantar la mirada, Sebastian pasa las hojas del volumen con esas manos masculinas que tanto me gustan, y yo aprovecho para observarlo en silencio durante unos segundos.

—¿Lo has leído? —me pregunta mirándome a los ojos, y me percato de que estamos más cerca de lo normal.

—Hace tiempo, en una materia optativa de la carrera. Teoría Literaria. A la par de *El jardín de los cerezos*. —Me animo a mirarlo a los ojos yo también y soy consciente de que es la primera vez que estamos solos, sin terceros.

—Me encanta Chéjov.

Hay una sola luz encendida en la librería, la que alumbra la caja, y se crea un ambiente tenue, ideal para nuestro primer beso. Tímidamente me acerco a Sebastian, pero es él quien me toma por detrás de la cabeza y me arrima a sus labios.

Para mi alivio, el beso fluye. El movimiento de nuestra boca va a la vez. Abrazo a Sebastian por detrás de los hombros y después de unos minutos él aparta los libros de la mesa que hay detrás de mí y me ayuda a sentarme. Esas manos masculinas con las que fantaseo desde hace tanto tiempo se apoyan en mis muslos y, después, se cuelan por debajo de mi camiseta hasta llegar a mis senos. No quiero que este momento termine jamás.

—Qué bien me besas, Elisa —me susurra Sebastian al oído mientras me vuelve a acariciar por detrás de la cabeza.

De pronto me percato de que puede haber cámaras en Three Loves. Contra mi voluntad, me separo de Sebastian y le propongo con un susurro en el oído seguir en otro lado lo que ya hemos empezado.

—Me gusta la idea.

Sebastian me toma de la mano y lidera el camino hacia fuera de la librería. Me alivia que tome la delantera, porque la situación me abruma y yo jamás podría hacerme cargo de cómo seguirá la noche.

Y nada me gusta más que un hombre con iniciativa.

Mientras cierro con llave pasa un taxi y Sebastian hace señas para llamarlo.

—Vamos a Columbus Avenue y la calle 74, por favor.

Durante el viaje seguimos besándonos. Ninguno se

puede contener. El taxista habla por teléfono a gritos en un idioma extraño, pero ni eso arruina el momento. No sé a dónde nos dirigimos, pero tengo una leve idea.

Mi pelo está enmarañado, Sebastian no deja de acariciarme detrás de la cabeza. Treinta minutos después llegamos a nuestro destino y a estas alturas ya estoy prendida fuego. Está claro que él también. Sin dejar de besarme le da al taxista un billete de cincuenta y no espera a recibir el cambio. Bajamos del coche y me toma de la mano para subir las escaleras de una casa tipo, de piedra.

Sebastian hace malabares para abrir la puerta mientras continúa besándome, y al entrar no enciende las luces. Sigue liderando el camino, esta vez hacia lo que apuesto que es el salón, donde me quita la camiseta y yo lo ayudo a desabrocharse el pantalón.

Interrumpe la maniobra para decir, ya jadeante:

—No sabes desde hace cuánto que espero este momento...

Y yo le respondo:

—Yo desde hace más...

Nos desplomamos en el sillón del salón y Sebastian intenta quitarme el sujetador. Por suerte hoy llevo uno que me gusta, no como ese beis que es tan cómodo, pero me hace pechos de abuela. Le quito la camiseta yo también y le acaricio la espalda. Sebastian se da prisa en desabrocharme el pantalón, aunque su cinturón ofrece algún obstáculo. Se ríe ante mi falta de destreza, me da besos en la oreja y se lo desabrocha él solo. Todo a la vez. Para no perder tiempo, intento deshacerme de los tejanos, pero son elásticos y se traban mientras trato de bajármelos; estar acostados en el sillón tampoco favorece la maniobra. Hasta que los tejanos por fin ceden y ambos nos quedamos en ropa interior sin dejar de besarnos.

Ahora sí, nuestros cuerpos desnudos se mueven en armonía, como si se hubieran estado preparando para este momento con anticipación. Antes de penetrarme Sebastian me besa los pechos y yo sonrío sin poder creer que, por fin, hayamos llegado hasta aquí.

*Julio de 2018*

A la mañana siguiente de la propuesta, Matt le pide a la empleada que por favor nos lleve el desayuno al cuarto. Estamos en la misma sintonía, y me encanta.

—Bueno, ahora toca la parte más engorrosa: ¡los preparativos! —comento mientras unto mi tostada con queso y una mermelada casera que es un manjar. A Christina le gusta que todo lo que se sirve en su hogar sea casero, aunque está claro que no es ella quien cocina.

—Sí, pero me temo que esa parte va a recaer en ti, porque yo tengo varios viajes por trabajo. Le podemos pedir a mamá que te ayude, si quieres... —Ante mi silencio, Matt agrega—: Solo si quieres. Sé que mamá puede ser difícil, pero si tiene un don, es el de organizar eventos sociales.

—Sí, me imagino que querrá involucrarse, pero la mía también, así que podemos empezar nosotras y, llegado el caso, pedirle ayuda a tu madre.

Nos ponemos de acuerdo en la fecha para la ceremonia: mayo de 2019, primavera en Nueva York. De esta forma tenemos tiempo para organizar y, sobre todo, para que Matt por fin conozca a mis padres. Porque tanta organización tampoco va a hacer falta.

—Lo bueno es que tenemos el viaje a Buenos Aires a fin de año, ahí vas a poder conocer bien a todos —agrego dando el último bocado de la tostada.

Matt se queda callado y su silencio es un mal augurio.

—¿Qué pasa? No me digas que no puedes ir.

—Me había olvidado, Elisa, de que ya había confirmado un viaje a Londres para encontrarme con uno de mis colegas.

—Ya veo —respondo sin intentar disimular mi desilusión. Me dedico a untar la segunda tostada mientras me enfurezco por dentro. ¿Hasta qué punto es buena idea casarse con alguien que no tiene interés en conocer a...?

—Te prometo que vamos a ir durante enero o febrero, antes de la boda. Te doy mi palabra de honor. Pero el viaje de diciembre es realmente importante y no puedo posponerlo.

Matt me da un beso en la cabeza y me sirve zumo de naranja.

—*Okey*, entonces no habrá otra opción que aceptarlo. Con una sola condición.

—Tu vuelo a Londres ya está reservado. Solo tienes que hablar con tu jefe y venir.

Siempre he querido conocer Londres, así que no tardo en sellar el trato. Argentina puede esperar uno o dos meses más.

*Diciembre de 2016*

Sebastian se levanta del sillón para abrir una copa de vino y por primera vez lo veo desnudo. Mientras hacíamos el amor no me he detenido a observarlo, al menos con mis ojos, mis otros sentidos han hecho el trabajo. Por primera vez noto que su cuerpo es fibroso, trabajado, y de pronto siento pudor de estar desnuda enfrente de él. Ni un doble turno de mis clases de gimnasia surtiría el efecto de lo que sea que hace él.

—No sabía que eras tan deportista —le comento mientras recibo la copa de vino.

—Me gusta, sí. Hago ejercicio todas las mañanas. Y me estoy entrenando para escalar el Everest en unos meses.

—¿Quién escala el Everest? ¡Uau!

—Sí, por fin voy a poder tacharlo de mi lista de pendientes. Y se ve que llevo buena racha, porque estoy por tachar otro. Pasar la noche contigo... —Sebastian vuelve a acostarse a mi lado. El sillón es cómodo y amplio, pero, de todos modos, me acurruco contra él: quiero estar lo más cerca posible de él. Intento disimular mi asombro cuando enciende las luces. Su salón es muy espacioso; no sé mucho de interiorismo, pero está claro que la decoración es cara. Los muebles son modernos, un cuadro gigante preside el cuarto y el televisor es de última tecnología. Así que esto tenía escondido mi querido amante de los libros.

—Me gusta mucho tu casa.

—Gracias, en un rato hacemos un tour. Cuando veas

la biblioteca de mi despacho, te vas a sorprender, pero antes resolvamos el tema de la comida porque me muero de hambre.

—¡Conviértete en pizza! —le digo en broma, y, por su rostro desorientado, me percato de que esa expresión no se usa en inglés.

—Bueno, si quieres pedimos pizza o, si no, cocinamos algo. Está nevando, así que salir no es opción.

Me asomo a la ventana y compruebo que nieva, efectivamente. ¿Me quejaba de la nieve hace unos días? Desde aquí, abrigada entre el cuerpo desnudo de Sebastian, de pronto se ve muy bien. No se me ocurriría pintar una postal más perfecta.

Le pido a Sebastian una de sus camisas para estar más cómoda. Lo cierto es que la idea de ponerme una camisa de él mientras tomamos vino y preparamos la cena en su modernísima cocina me parece sexy.

Optamos por un wok de carne y verduras mientras tomamos un vino. Cocinar no es lo mío, así que le dejo la tarea a Sebastian y en contrapartida busco los platos y cubiertos para poner la mesa.

Mientras esperamos a que la comida esté lista abrimos un queso. «Menos mal que no hemos ido a casa, porque no hubiera tenido más que cereales para ofrecerle», me digo para mis adentros, y tomo nota mental de ir al supermercado esa semana.

Sebastian coge un mando a distancia y pone música. No logro detectar dónde están los altavoces, pero Zaz me resulta una elección excelente para la ocasión, aunque tal vez un poco predecible.

—Es muy loco, siento que te conozco desde hace tiempo, pero no sé mucho de ti... —le digo mientras doy un sorbo a mi vino y Sebastian rebana zanahorias.

—Bueno, sabes de mis gustos literarios y ahora conoces mi casa, dos aspectos que revelan bastante sobre las personas.

—Es cierto, pero me gustaría profundizar más. Podríamos retomar la charla que nos quedó pendiente en Partners. Ahora te toca a ti contarme sobre tu familia. ¿Tienes hermanos? ¿Qué es de la vida de tus padres?

—Mis padres viven en California, así que no los veo demasiado. Están separados, mamá es soltera y papá volvió a casarse. Tuvo mellizos hace unos cinco años con su segunda mujer, que es bastante menor que él. Pero yo no me meto, lo quiere mucho y lo cuida.

—¿Cómo se llaman tus hermanos? ¿Tienes alguna foto?

—Ian y Paul.

—No me digas que en honor a...

—A McEwan y Auster —contesta Sebastian entre risas mientras toma el teléfono para mostrarme fotos de dos niños adorables—. A veces me da pena vivir en Nueva York, tan lejos de mi familia, porque mamá también está en California. Quizá en unos años me mude para allá, pero mientras mi casa está aquí y mi trabajo también.

—Entiendo la disyuntiva —acoto mientras pienso qué bueno sería trasladar a mi familia a Manhattan—. La familia es muy importante para mí, pero pensé que vosotros, los norteamericanos, estabais más acostumbrados a vivir cada uno en una punta distinta del país.

—Tú también eres norteamericana, ¿no? —me corrige Sebastian entre risas, a lo que le contesto «*touchée*»—. No sé qué es lo normal en un país tan grande como este, pero yo soy muy familiar. Mi madre es de ascendencia italiana, quizá venga de ahí... En fin. Suficiente nostalgia por hoy.

—Bien, podemos seguir avanzando con el interrogatorio. ¿Canción preferida?

—Cualquiera de Serge Gainsbourg. Me encanta «La chanson de Prévert». ¿Y la tuya?

—Qué difícil. Cambio todo el tiempo de canción preferida. En este momento «All For You», en versión acústica.

—Bonita. Voy a ponerla.

Sebastian toma su teléfono y en exactamente tres segundos suena Sister Hazel desde altavoces que no sé ni dónde están. La canción siguiente es «I'd Do Anything For Love» —claro que en versión de Meat Loaf— y ahora ambos cantamos a gritos. Es un temazo.

—¿Película preferida? —le pregunto elevando la voz sobre la música después del segundo estribillo.

—Fácil. *Érase una vez en América*. Es perfecta por donde la analices.

—No la he visto, pero he oído que dura como cuatro horas, así que tampoco pretendo verla pronto. No es apta para espíritus ansiosos como el mío.

—Tendremos que ejercitar la paciencia. Podemos hacerlo la próxima que vengas a visitarme. Y nos tomamos descansos en el medio para... —Sebastian levanta la ceja derecha, gesto que encuentro terriblemente sexy, y se echa a reír.

—Trato hecho. Lo haremos. —Le doy un beso para sellar el trato y después le hago una pregunta más—: ¿Un lugar en el mundo?

—Aquí, en mi casa. Contigo.

Tardo unos segundos en asimilar su respuesta y me percato de que estoy sonrojada. Sonrío con todo el cuerpo. No tengo nada que agregar y eso no es usual en mí.

—Ahora te toca a ti —dice Sebastian. Película, lugar en el mundo.

Seguimos conversando durante el resto de la cena. Sebastian me escucha atento mientras le explico cómo está compuesta mi familia y cómo fue mi infancia en Argentina después de mis primeros años en Estados Unidos. Yo no soy tan lacónica como él, pero se muestra interesado en Buenos Aires, y me encanta. Jamás podría interesarme por alguien que no apreciara el encanto de la ciudad que me vio crecer. Siento tanto orgullo de ser argentina... Aunque no lo sea en los papeles y hoy elija vivir en Manhattan, siempre lo voy a ser en el corazón. A estas alturas, el vino ya está surtiendo su efecto. La charla fluye cómoda y dinámica, nada que ver a lo que suelen ser las primeras citas. Es que esta no es una primera cita tradicional. A Sebastian lo conozco desde hace meses y esperaba este momento desde hace mucho.

Él me observa con atención mientras hablo, como lo hace siempre. Me pregunta, profundiza y retiene lo que ya hemos hablado en otra ocasión, aunque nunca habíamos tocado temas tan personales. Me da ternura escuchar anécdotas de su infancia y que me muestre cuánto le gusta cocinar.

Después hacemos el famoso tour por la casa. Sin duda, su escritorio es mi espacio favorito. El cuarto está recubierto en madera, ¿se dice *boiserie*?, y una biblioteca inmensa ocupa una de las paredes. Hasta tiene una de esas escaleras para poder llegar a los estantes superiores. Siempre quise una biblioteca con una escalera así.

—Qué agradable sería sentarse en este cuarto y escribir durante horas —comento sin poder disimular mi asombro ante la belleza del lugar.

—Sabía que iba a ser tu lugar preferido de la casa. También es el mío. Ahora, si solo supiera escribir...

Llegamos a su habitación, que tiene una cama gigante y una moqueta bien mullida. Me da pudor preguntar de quién es el cuadro colosal que encabeza la cama. ¿Quizá debería conocerlo?

El baño está todo hecho de mármol y hay una ducha con una alcachofa inmensa. ¡Hasta tiene un banco dentro! Calculo que será para sentarse a disfrutar del agua cayendo generosa.

Sin embargo, la «vedette» de la casa es la vista a Central Park. Pero no llego ni a comentarlo en voz alta, porque mientras miro la nieve caer a través de la ventana, Sebastian me desprende la camisa y me lleva de la mano a la cama.

# 5

*Julio de 2018*

Estamos de vuelta en la ciudad y no veo la hora de anunciar el compromiso a todos mis seres queridos. Ya tengo un FaceTime agendado con mis padres y he quedado en salir a comer con Amalia después del trabajo. Muero por ver su reacción.

¿Y Oliver? ¿Qué dirá él? Hace tiempo que no hablamos.

Lo que más me interesa en este momento es hablar con Benjamin, a ver si puedo viajar a Londres. La oficina suele cerrar para las fiestas y avisaré con anticipación, así que no debería haber problema. Pero prefiero quitarme el tema de la cabeza.

No tengo relación con mis compañeros de la empresa, así que no hay nadie en esa oficina con quien quiera compartir la buena nueva. Soy de hacer amigos con facilidad, pero aquí deben de pensar que soy una amargada. Creo que fue un mecanismo de defensa: no estoy contenta en la empresa y no quiero encariñarme con nadie. Además, ni siquiera voy todos los días y creo que me miran mal por eso. A Amalia le encanta pincharme para que vuelva a trabajar a Three Loves, pero no es tan sencillo. Amaba trabajar entre libros, pero no tenía flexibilidad horaria, la jornada era más larga y el pago era tres veces peor. Además, ¿cómo le explico que en parte renuncié por Sebastian? ¿Que no toleraba ni un día más con la ilusión de que el «ring, ring» lo anunciara a él?

«Ahora que serás la señora de Carrington vas a poder darte el lujo de trabajar de lo que quieras o de no trabajar». Sé que Amalia me va a salir con eso. Pero no trabajar no es opción para mí, y no solo hasta que lleguen los hijos, si es que llegan alguna vez. Necesito oxigenar la cabeza, tener algo propio. Y disponer de mi propio dinero. Lo que sí está por verse es si el trabajo será aquí o...

—Elisa, ¿querías hablar conmigo?

Benjamin y su talento para irrumpir en mi cubículo en el momento oportuno.

Su aliento hoy está más fuerte que nunca —mezcla de cigarrillo, café y un olor que nace de la boca del estómago—, así que hago un esfuerzo para alejarme con disimulo. Pero la charla sobre mi viaje a Inglaterra resulta un éxito, así que ni su hálito me arruina la jornada. Ya sé a qué me voy a dedicar hoy a la hora de la siesta: a googlear sobre Londres. Siempre he tenido un don para googlear, virtud que destacaba el editor del diario argentino donde hice una pasantía de verano. Pese a que mi padre siempre se burla ante este halago, yo sí lo tomo como un cumplido. Después de todo, en la era de la tecnología vale más saber googlear que tener buena memoria. Para algunos podrá ser triste, pero es la realidad. Y sabio es el que acepta la realidad tal cual es, sobre todo cuando no se puede cambiar.

Sí, prefiero dedicar las horas de modorra a googlear sobre Londres antes que a leer la novela que no toco desde los Hamptons. Anoche casi me tienta y otro tanto pasó esta mañana camino al trabajo, pero me contuve. Bien, Elisa. Estoy orgullosa de ti.


*Diciembre de 2016*

—Buen día, Elisa. ¿Cómo has dormido?

—Muy bien, ¿y tú?

Es mentira. Mentira descarada. Desde hace un rato estoy despierta. Anoche me pasó lo mismo que cuando de niña iba a dormir a casa de una amiga y me despertaba antes que la dueña: fingía estar frita, mirando al techo, y dejaba pasar lo que parecían horas antes de la que la anfitriona se levantara. No sé si era vergüenza o qué. Nunca lo hablé con la psicóloga. Pero anoche se repitió. Es tanta la emoción de haber pasado la noche con Sebastian que estoy con mucha adrenalina. Solo espero no tener cara de dormida. Además, a eso de las cinco de la mañana me he desvelado y he empezado a mortificarme por no tener cepillo de dientes ni de pelo. Y mi melena se descontrola por la mañana, sobre todo si la noche anterior he practicado sexo. No me animo a ir al baño para buscar ambos cepillos por miedo a despertar a Sebastian. Además, me da pudor que me vea desnuda. Nunca he sido muy segura respecto a mi cuerpo. No es que me desvele la cuestión, o haría algo al respecto, pero a la hora de mostrarme desnuda frente a él me falta confianza.

Más allá de los miedos y los alientos y los pelos desmarañados y las inseguridades y demás, no cambio lo de anoche ni por una biblioteca con escalera. Solo me hace falta tener a mano su camisa, o un camisón.

—¿Nieva? —le pregunto mientras me arropo entre sus sábanas.

—Un poco, pero tengo un plan. Podemos ir a desayunar a Café Lalo, en la calle 83. Sirven los mejores huevos revueltos de la ciudad. Tienen tantas opciones que quizá te abrume, pero te recomiendo los que vienen con queso de cabra, tomate, orégano y albahaca.

Pedimos un Uber para ir hasta el café. No son muchas manzanas, pero tampoco nos sobra el tiempo. Sebastian me presta un abrigo, porque ayer cuando me vestí para ir al trabajo no había contemplado el factor nieve y estoy, como siempre, desabrigada.

—Qué bonito lugar, parece europeo —comento mientras el camarero nos conduce hasta una mesa. Se nota que Sebastian es habitual de la casa, porque saluda a «Carlos» por su nombre y con un apretón de manos.

—Sí, me encanta empezar mis mañanas aquí después de entrenar y antes de bajar a Downtown.

—¿No contemplas mudarte más cerca del trabajo?

—¿Estás loca? ¡No! Adoro mi barrio, y además en ningún otro momento leo más concentrado que mientras voy al trabajo.

—¿De qué trabajas, si se puede saber? Solo respondes «finanzas» y «negocio familiar», pero no entiendo demasiado.

—¿Entenderías si te diera más detalles?

—Es posible que no, porque ese mundo es totalmente desconocido para mí. Además, lo encuentro bastante homogéneo. Se me escapan por completo las sutilezas de cada especialidad.

—Las «sutilezas», ja. Es como que alguien te dijera que es lo mismo ser escritor que trabajar como librero, crítico literario o investigador.

—Soy ignorante ¡y lo sé! Por eso quiero que me eduques.

—Prefiero no gastar los pocos minutos que nos quedan juntos por hoy en charlas de trabajo, si no te importa. Lo único relevante es que soy la mano derecha de mi padre en el negocio familiar. Él se encarga de algunos números desde California y yo pongo el cuerpo y voy a la oficina. Si Dios quiere, en unos años podré retirarme. Y dedicarme a otra cosa.

—¿Escribir? —le pregunto consciente de que no se va a animar a responderme que sí.

—No podría aspirar a tanto. Ya veremos qué me depara el destino. Ahora, señorita, me he quedado preocupado por una respuesta que me diste anoche. ¿Cómo es eso de que tu película preferida es *Medianoche en París*?

—¡Claro que sí! Generación perdida, Owen Wilson, Woody Allen, París..., ¿tengo que seguir enumerando los motivos?

—Nooo, se me cae una ídola. *Medianoche en París* es

agradable, entretenida, pero no puede ser tu película «preferida». Esta última etapa de Allen es la peor. La película es un puñado de clichés. Y a alguien que sabe tanto de libros como tú le habrá parecido banal.

—Lo mío son los libros y no el cine. En el cine me relajo y apago la mente, es mi placer culpable. Además, bastante tengo ya con los monólogos interiores que me martillean la cabeza las veinticuatro horas del día.

—Bueno, promesa uno: te voy a enseñar a ver cine. Y promesa dos: si tanto te gusta la idea de París, algún día vamos a ir juntos.

—Mientras, me conformo con mi llavero amoroso... —le respondo con una sonrisa mientras le muestro que lo llevo en el bolsillo.

Carlos se acerca para ofrecernos ejemplares de *The New York Times*, pero Sebastian le dice que esa mañana no va a leer. También veo que echa un vistazo a su teléfono al oírlo sonar, aunque al final ignora la llamada entrante.

Cuando quiero darme cuenta ya son las nueve y cuarto de la mañana: hora de enfilar hacia el trabajo. Sebastian me ofrece pedir un taxi, pero con el tránsito de esta hora me da miedo no llegar a tiempo. ¿Y si escribo a Oliver para que me cubra? Mmm, algo me dice que no estará demasiado dispuesto. Aunque ayer por la tarde la que cerró fui yo.

Sigue nevando, pero no hace —tanto— frío, así que decidimos caminar hasta la parada de la calle 72. Es mi preferida de todo Manhattan, pero jamás la tomo porque no suelo frecuentar este barrio. Es como una pequeña casita ubicada sobre un bulevar en el medio de la calle. Humilde, sin grandilocuencias, pero con presencia a la vez. Cada vez entiendo más por qué a Sebastian le gusta tanto esta zona.

Me abraza mientras caminamos y yo no puedo disimular mi felicidad. Nuestros cuerpos parecen haber sido creados para este abrazo. Mi cabeza se inserta justo debajo de su hombro y él me atraviesa con ese brazo masculino y fuerte del que, lo admito, estoy enamorada.

Sí. Estoy enamorada de Sebastian.

Llegamos a la calle 72 y es hora de despedirnos. No siento el frío, lo que es raro en mí. La nieve recubre las ramas de los árboles y el techo de la parada. La escena parece salida de un cuadro navideño.

—Elisa, lo he pasado muy bien contigo.

—Yo también, Sebastian. Todos estos meses sentía la química entre nosotros, pero a la vez tenía miedo de que fuera solo mi imaginación. A veces pasa, ¿no? Uno cree que la conexión es mutua, pero la otra parte ve otra película.

—Entiendo muy bien a lo que te refieres, pero no es nuestro caso. Y me gusta haber esperado todo este tiempo antes de haberte invitado a salir.

—¿«Invitado a salir»? No, señor, esto no cuenta como primera salida oficial.

—Tienes razón, así que esa nos queda pendiente. Voy a tratar de pasar a visitarte más tarde por Three Loves y ponemos fecha. ¿Vale?

Y con eso nos damos otro beso. Un beso de película, y aunque la elección de esta no le guste a Sebastian, el nuestro bien desplazaría al de Noah y Allie bajo la lluvia en *Diario de una pasión*. Porque el nuestro es bajo la nieve. Porque el mío es con Sebastian.

*Julio de 2018*

Esa noche Amalia llega tarde del trabajo y en vez de salir decidimos cenar en casa. Pedimos sushi, abrimos un vinito. Es noche para festejar.

Le cuento los pormenores del fin de semana y admito que estuvo acertada en cada una de sus descripciones de los Hamptons. Amalia intenta convencerme de que Christina no es tan mala como yo le hago creer, pero cuando le narro la escena en Sant Ambroeus escupe el vino por las carcajadas.

—¿Y qué fue lo que más te gustó del fin de semana?

Aprovecho su pie para contarle acerca de nuestro compromiso. Fiel a su estilo, Amalia grita desaforada y le hago señas para que baje la voz. Uno de nuestros compañeros de piso, Chris, es bastante particular con los gritos de Amalia, sobre todo después de las nueve de la noche. Pero a ella poco le importa, me toma de las manos y nos ponemos a saltar en los sillones del salón. Amalia es de las pocas personas con las que aún logro sentirme una niña. Una de mis virtudes siempre ha sido la simpleza, pero algo ha cambiado en los últimos años. Las responsabilidades, tener que llegar a fin de mes en una ciudad como Manhattan, el cambio de empleo, la desilusión con Sebastian, la estabilidad de Matt. No sé a qué se debe; quizá cada uno de estos factores tenga algo que ver, pero siento que he cambiado y no me gusta ese cambio. ¿En qué momento he cruzado la línea que te da la bienvenida a la adultez? ¿Hay forma de retroceder? Matt ya me conoció así. Y él me quiere como soy. No pasa por ahí: a veces soy yo la que no se quiere a sí misma cuando está con él.

Pero esta noche es diferente. En realidad, con Amalia todo lo es.

—Aunque no pienso adoptar la costumbre yanqui de las damas de honor, si lo hiciera, serías la principal.

—Ja, ¡era obvio que no! Y me alegro, así no me impones un vestido siniestro con forma de *cupcake* y de un color que no favorezca mi cutis. Ahora, ¿qué opinará tu suegra respecto de que no observes esa tradición?

—Poco me importa lo que opine.

—¡Y te aplaudo por eso! No quiero ser aguafiestas, pero en algo va a tener que involucrarse.

—Sí, como en el arreglo de las flores, la elección del coro de la iglesia o el catering. ¡Los tres elementos que menos me importan, ja!

Pasamos entonces a debatir sobre los detalles. Amalia está en el mundillo de la organización de eventos y se ofrece a ayudarme con los preparativos, sobre todo en lo que respecta a los proveedores. Le insisto en que los aspectos que más me interesan son la barra y el DJ. Está claro que no voy a ser una de esas novias histéricas. No es mi estilo. Quiero algo íntimo, un evento donde no sobre nadie y no se hagan relaciones públicas, sino que se monte una buena fiesta. Con los invitados que importan y con buena música y alcohol. Todo lo demás es accesorio.

—Otro tema importante: ¿Matt no tendrá algún amigo para mí?

Amalia está soltera desde hace unos meses, cuando, ¡por fin!, dejó de salir con Tom, un modelo al que conoció en el trabajo y que no tenía dos dedos de frente. Era buen mozo el chico, no lo vamos a negar, pero Amalia se lo comía crudo. Es mucha mujer para él. La ironía fue que Tom, que se las daba de artista y sensible, terminó rompiéndole el corazón de la forma más vil: le hizo *ghosting*.

Amalia es alta, delgada. Su piel es pálida y contrasta con su pelo rojizo y ojos verdes. Tiene algunas pequitas desparramadas por la nariz. Es muy hermosa, pero su belleza no es intimidante. Al contrario, es tan fresca, tan espontánea, que eso la hace más llamativa aún. Lo mejor que tiene es su personalidad. Es lo que se conoce como una «loca guapa». Hábil. Divertida. Se ríe a carcajadas. Yo, en cambio, nunca he podido reírme con ruido y envidio su risa contagiosa.

Amalia es muchas de las cosas que siento que ya no soy.

Cualquier hombre sería afortunado por tenerla a su lado si ella no eligiera tan mal. Empiezo a repasar la lista de amigos más íntimos de Matt, pero la mayoría vive fuera o está casado. Matt no es muy de amigos, pero no quiero arruinar las expectativas de la mía. En cambio, le prometo que lo hablaré con él y juntos vamos a conseguir un candidato.

—Aclaro que solo busco a alguien agradable con quien

salir a tomar una cerveza y algo más. No es que quiera un anillo, ¿eh? Hablando del tema, ¡enséñamelo ya!

Amalia se me abalanza en el sillón para ver de cerca el anillo de compromiso que me eligió Matt. Bah, ¿lo habrá elegido él? Su madre no lo ha ayudado, porque todavía no está al tanto de que nos vamos a casar. ¿Quizá la secretaria? Si lo ha elegido la secretaria, lo mato. Espero que Matt no se ofenda, pero no pienso usarlo a diario. Me da un poco de vergüenza llevar un diamante tan grande. No es mi estilo, y, aunque no estemos en Buenos Aires, me da pánico que me lo roben. Llama mucho la atención. Me lo he puesto hoy porque sabía que iba a verlo por la tarde, pero normalmente se quedará en la caja fuerte con mis otras pertenencias de valor (léase en el cajón de mi mesilla, junto con el reloj Swatch que me pongo cuando me acuerdo, una foto de mis padres y una medallita que me regalaron para mi comunión, la única que no empeñé ese verano que tuve que recaudar dinero porque me iba de viaje a Brasil con mis amigas).

*Diciembre de 2016*

—Llegas tarde —me dice Oliver apenas me ve entrar.

—¿No ves que estoy agitada? Vengo corriendo desde hace tres manzanas, tenme compasión.

—Bueno, solo porque sé que odias correr.

Había pensado en contarle a Oliver que por fin la cosa había avanzado con Sebastian, pero ante tal cara no me dan ganas de abrirme. Me observa mientras me quito el abrigo y noto que en sus ojos hay sospecha. No se le escapa ni un detalle. Pero no le presto atención, me peino rápido con los dedos para asegurarme de que no haya algún mechón descontrolado, guardo el abrigo en el perchero y saco a relucir mi mejor sonrisa antes de acercarme a ayudar a una pareja que se ve perdida revisando los libros de No Ficción.

Antes de que me dé cuenta, ya son las dos de la tarde. Las horas vuelan cuando uno está feliz. En eso, llega Amalia con el almuerzo para Oliver y para mí.

Aprovechamos que no hay clientes en la librería, lo cual es raro al tratarse de diciembre, y nos sentamos a probar la sopa de cebolla. No hay tiempo que perder.

Esta mañana le he resumido la noche a Amalia a través de WhatsApp y su respuesta ha sido contundente: «Esto merece un *tête-à-tête*. Tengo un día tranquilo, así que paso a visitarte con el almuerzo».

A mi amiga no le gusta perder el tiempo y me apremia para que comparta los detalles de la noche anterior.

—Propongo un brindis por Elisa, que por fin ha avanzado con el literato —dice Amalia mientras alza su zumo de verduras.

Por un segundo me parece que Oliver no está demasiado extasiado ante la noticia, pero al fin se suma al brindis con una sonrisa antes de agregar:

—Lo que sí, los detalles guárdalos para esta noche, cuando estéis solas.

—Veremos si veo a Elisa esta noche. Me parece que Sebastian va a volver a Three Loves para tener otra sesión con la librera *hot*. Ahora entiendo el porqué del nombre de la librería, ¡ja! ¡Si estas paredes hablaran...!

—Bueno, voy a fingir no haber escuchado el último comentario y los voy a dejar, señoritas, porque tengo unos inventarios que revisar en el ordenador. Te felicito, Elisa. Ya era hora.

Oliver se levanta de la mesa y Amalia alza la mirada al techo.

—Ahora que estamos solas, quiero los detalles jugosos. Antes de que nos interrumpa Sebastian.

Repasamos cada momento de la tarde-noche anterior hasta que, treinta minutos después, aparecen tres clientes a la vez y Oliver me hace señas para que cortemos el chismorreo. Amalia me despide con un abrazo.

—Estoy feliz por ti, amiga. Hablamos después.

El resto de la tarde no transcurre con tanta velocidad como la mañana. Llegan las seis y media, y no hay noticias de Sebastian. Un señor con cara de escribir sus emails en mayúscula me pregunta por *El barón rampante* de Calvo y me fulmina con la mirada cuando lo corrijo: Calvino. Finjo entonces tener que ordenar los estantes de Novela Histórica y le pido a Oliver que siga atendiéndolo. No estoy de humor para misóginos hoy.

—Todo indica que tu amigo no vendrá. Aprovecha y usa su abrigo —me dice Oliver con sarcasmo antes de darme una palmada en la espalda y retirarse de Three Loves.

Ya son las siete y no hay noticias de Sebastian. Me parece extraño que no haya pasado, tal como prometió. Pero mañana será otro día. Y claro que voy a usar su abrigo, tiene su olor.

*Agosto de 2018*

Mis padres no se toman demasiado bien la noticia de que no vamos a pasar las fiestas con ellos. Ya tenían todo planeado para, por fin, conocer a Matt. Cuando les hablo sobre el compromiso, se muestran felices, aunque detrás de su sonrisa no es difícil darse cuenta de que no están del todo convencidos. Su disimulo no termina de ser tal. No los culpo: me han oído hablar mil veces de Matt, lo han conocido por FaceTime, ha habido algún que otro Skype, pero a mí tampoco me gustaría que mi única hija mujer se casara con un hombre al que nunca he visto en persona. Les prometo que sí vamos a pasar a visitarlos en enero o febrero a más tardar. A papá lo distraigo con el alcohol que se va a servir en la recepción y a mamá le propongo ayudarla a buscar algún atuendo en la web.

—¿Y tu vestido, Elisa? ¿Ya has pensado en eso? —me pregunta mi madre y de pronto me sorprendo hasta yo misma de que la respuesta sea no. Nunca me ha importado demasiado la moda, pero debo de ser la primera mujer del universo que, semanas después de estar comprometida, sigue sin haber pensado en su vestido.

—No demasiado, pero quiero algo sencillo. Que me represente a mí. Así que no debería ser complicado de resolver.

—No te creas, hija, a veces los vestidos más simples son los más complejos, valga la paradoja. Busca con tiempo, es mi humilde consejo.

Le aseguro a mamá que voy a hacerle caso y quedamos en volver a hablar durante la semana.

Hoy he tenido un día largo en el trabajo y he preferido volver a casa en vez de ir a la de Matt. Lleno la bañera con sales y me debato entre leer la novela de este tal Serge Lion o empezar *Adán Buenosayres*. Desde hace tiempo tengo ganas de leer a Marechal, pero hoy sucumbo a la tentación y me llevo *Infortunada noche* a la bañera.

Mi primera salida con Isabel fue mejor de lo que habría imaginado. Es más, la tensión —y por tensión me refiero a la buena: la sexual— empezó desde que le pedí el teléfono, en nuestras primeras conversaciones por chat. Nada de gerundios que dieran cuenta de qué hacíamos mientras hablábamos con el otro. Nada de «jajajás»: es sabido que al comentario cómico de uno debe responder el otro con un comentario más cómico aún, y así. Nada de audios eternos ni una falta de ortografía, y desesperación nula de ambas partes por ver quién empezó primero la conversación o cuánto tardó el otro en responder.

Por fin llegó el jueves en que concretaríamos nuestro encuentro, pero canceló por un supuesto malestar, aunque tuvo la delicadeza de no especificar si era del estómago o de qué otra parte del cuerpo. Estuve cerca de empezar a mortificarme, cuestionándome si la excusa sería cierta o, valga la redundancia, una excusa, pero me distraje con la lectura de *Rayuela*. Todavía no caigo en las redes de su encanto, pero le estoy dando una oportunidad; algo así como me pasó con el *Ulises* de Joyce, aunque en ese caso debo admitir que en cada relectura me inclino, como Virginia Woolf, a abandonarlo en la página doscientos. Un colega argentino, que se supone fue alumno de Borges en la Universidad de Buenos Aires, me contó que el escritor argentino también le atribuía a la obra joyceana efectos soporíferos.

Pero saquemos a Joyce de la discusión, que no tiene nada que ver. Por lo que he leído hasta ahora, soy más borgeano que cortazariano. Me inclino más hacia el ascetismo del primero que hacia la coloquialidad del segundo. Aunque ¿a quién le importa la opinión de este escritor autoeditado, que a duras penas puede leer a estos dos grandes en su idioma original?

Llegó el viernes, abrí un ojo y no pude pensar en otra cosa que en mi encuentro con Isabel. Lucas no estaba enterado del vínculo. No quería ofenderlo ni darle espacio para elucubrar desde hacía cuánto o cómo había empezado la relación. Si bien lo nuestro no se consideraba relación aún.

Hay algo en la adrenalina de lo prohibido que siempre me sedujo; esa adrenalina que no sentía desde hacía veinte años, cuando vivía en casa de mis padres y el peligro era que me oyeran con mi novia de turno en la habitación. Nunca más sentí unos nervios así hasta que la conocí a ella.

Decidimos encontrarnos a las siete en un bar del West Village, cerca de donde ella tiene su atelier. No sabía mucho de su vida privada aún; cómo estaba formada su familia, qué traumas había heredado de su infancia o qué cargas emocionales le había dejado algún hombre del pasado. Exceptuando a Dan, eso está claro. Tampoco sabía cómo había llegado a alquilar ese espacio de trabajo o desde cuándo se dedicaba a pintar.

Pero sí sabía que su arte era abstracto y que sus referentes eran Calder y Vasarely.

Sabía que mi humor ácido y verde la hacía reír y que su escritor preferido del momento era Hanif Kureishi, aunque su preferido de todos los tiempos fuera Cheever.

Sabía que sus pequitas se multiplicaban cuando le daba el sol y que tenía complejo por sus juanetes.

Sabía que era fanática del buen comer y que su placer culpable eran las películas entretenidas.

Isabel llegó puntual, vestida con un jersey blanco, un pantalón de cuero negro y tacones rojos. Sus ojos, entre pícaros y románticos, estaban apenas maquillados y le daban protagonismo al rojo de los labios, como los zapatos. Los labios rojos no deben de ser fáciles de llevar; al pensar en labios rojos pienso en los de mi tía Lidia que en Navidad olía a oporto y manchaba los vasos de cristal de mis padres con su labial carmesí, que también le teñía los dientes. Pero al pensar en labios rojos pienso también en las divas de Hollywood a lo Elizabeth Taylor o Marilyn Monroe, y pienso incluso en Jessica Rabbit o Betty Boop.

Había llegado antes que Isabel a la cita pero no me adelanté a pedir el vino blanco que sabía que tanto le gustaba. Hay algo paternalista en eso de decidir la bebida por una mujer, aunque también hubiera podido conmoverla el gesto de que recordaba qué le gusta tomar. Es difícil ser hombre en el siglo veintiuno.

Si Isabel hubiera sabido todo lo que ya conocía de ella a esas alturas... Todo lo que había aprendido y memorizado. Quizá habría huido despavorida, quizá se

habría aferrado a mí para siempre y hoy no estaría llo-
rándola.

Pero ¿de qué me sirve preguntar «¿qué habría pasado
si...»? ¿Mortificarme con el debate sobre si se puede cambiar un destino que no quiso ser? Después de todo, ¿se
puede doblegar una voluntad? ¿Cuál es el precio que es-
tarías dispuesto a pagar si pudieras volver el tiempo atrás
y borrar los actos que te trajeron hasta donde estás hoy?
¿Los borrarías realmente? ¿Acaso nuestras cicatrices no
nos recuerdan nuestras batallas? ¿Acaso no aprendiste
una lección? ¿Qué vale más: las lecciones que te han for-
jado o lo que, supones, hubiera sido tu felicidad?

Suelto el libro de golpe y lanzo un pequeño «¡ah!»,
como asustada ante el efecto que me causan las palabras
que leo. El protagonista y yo tenemos demasiado en común. Necesito conocer a su creador, Serge Lion, o como
sea que se llame esta persona. No voy a quedarme tranquila hasta dar con su paradero, pero Google no aporta
demasiado. En las pocas entrevistas que da, el autor eva-
de todo tipo de comentario respecto a su vida personal y
se concentra en la trama del libro. Alguna pista tiene que
haber.

¿Y si es mujer? ¿Y si, además de cambiarse el nombre,
también esconde su verdadero género?

Decido explorar el libro y al repasar los datos de la
editorial caigo en la cuenta de que es inglesa: Coleridge
Press. Y en esto Google sí me puede ayudar, así que salgo corriendo del baño para buscar mi teléfono y comprobar que la sede principal está ubicada en Londres.

Emma Parker es el nombre de la jefa editorial. Saltan bastantes artículos cuando rastreo su nombre. Al parecer es un nombre común, pero agrego «+Coleridge Press» en la búsqueda y ahí sí doy con la Emma correcta. Bingo.

Cuarenta minutos después sigo inmersa en la pesquisa sobre Emma cuando suena el teléfono. Es Matt.

—¿En qué andas?

—Me he dado un baño hasta que he caído en la cuenta de cómo dar con el autor misterioso.

—¿Tú, un baño? ¿Sigues insistiendo en eso? ¡Si los odias!

—Bueno, pero me gusta la «idea de». Déjame seguir intentándolo. Además, eso no es lo relevante.

—Estoy obviando la parte en que nombras al autor misterioso. Empieza a darme celos ese Serge Lion. Además, ¿no habías abandonado la lectura de la novela?

—La carne es débil y hoy me ha tentado. Nunca he sido buena con las prohibiciones, y lo sabes.

—Ja, entre ese comentario y tu imagen en la bañera vas a hacer que vaya para allá.

—Así me gusta, nada de tenerle celos a un autor a quien no le conozco ni la cara, y menos a un personaje literario que no existe en carne y hueso. Y bien ahí con la espontaneidad. Voy pidiendo algo rico para comer, te espero.

Quince minutos después Matt ya está en casa. Él vive en el Soho, muy cerca de mi apartamento, lo que le da aún más argumentos para que nos mudemos. Pero decidimos que me voy a mudar después de casados. Le he prometido a Amalia disfrutar estos últimos meses de convivencia juntas.

Recibo a Matt en bata y vamos directo hacia mi cuarto. No le gusta estar en el salón y cruzarse con mis compañeros de apartamento, dice que se siente incómodo. Creo que desde que empezamos a salir esta es la tercera vez que ha venido a pasar la noche aquí. Lo que logra la imagen de una mujer en la bañera en un hombre...

Mientras esperamos la comida le cuento las buenas noticias: la editorial de Serge es inglesa y tiene sede en Londres.

—¡Ideal, Elisa! ¿Y cómo se llama la editora?

—Emma Parker.

—Mmm. No me vas a creer, ese nombre me suena... pero no puede ser, sería demasiada casualidad.

—Explícate.

—Uno de mis socios, Rashid Maalouf, está casado con una inglesa, que es editora y se llama Emma. Estoy noventa por ciento seguro de que ese es su apellido de soltera y trabaja en Coleridge Press. Ahora ya es tarde en Londres, pero mañana le escribo a Rashid y le pregunto.

—Eres demasiado perfecto para ser real.

Matt se ríe, satisfecho ante mi emoción. Apago la luz y empiezo a besarlo. Después de todo, la comida a domicilio suele tardar.

*Diciembre de 2016*

Ya han pasado tres días y todavía no hay rastros de Sebastian. Tres. Gracias a Barney de *Cómo conocí a vuestra madre* estoy familiarizada con la teoría, supuestamente «inspirada en Jesús», de que el hombre tiene que esperar tres días antes de aparecer después de una primera salida. Quizá sea eso lo que necesito para mejorar mi humor. Una buena maratón de *Cómo conocí a vuestra madre*. Aunque también podría consolarme con *Friends*. ¿Acaso Monica no felicita a Joey porque tuvo «la» noche, después de haber ido a dormir a casa de Kate y se quedaron hasta la madrugada en plena conversación, repasando temas como los gustos y la familia? Eso hice con Sebastian, pero yo no he vuelto a verlo aún. Y a Joey tampoco le fue bien con Kate, ahora que pienso. No es buen augurio.

Si me sincero, dudo de que ningún tipo de serie pueda levantarme los ánimos. Conozco a Sebastian y no es del tipo que esperaría tres días a aparecer solo para entrar en un jueguecito histérico o hacerme esperar. Nuestra relación es diferente. No hay estrategias, elucubraciones, planes. ¿Y acaso no son los hombres argentinos los más embaucadores del planeta?

¿Ya puedo llamarla «relación»? A juzgar por nuestra última charla, diría que sí. No estoy loca, no lo he imaginado. Anoche, charlando con Amalia, recordé las palabras exactas y eso que no tengo tan buena memoria: «No es nuestro caso», me dijo Sebastian cuando le planteé que en algunos vínculos solo una de las partes imagina la conexión.

«Quizá le haya pasado algo», me sugirió Amalia, pero sé que no es así. Eso ocurre en las películas: el protagonista es atropellado por un tren y debe permanecer ingresado mientras su amada deshoja margaritas y se pregunta por qué no la ha llamado, o lo espera en el puente donde deberían haberse encontrado y vuelve cabizbaja a su casa creyendo que él la ha plantado para siempre. La otra propuesta de Amalia fue «llámalo tú». Pero no es opción; nunca intercambiamos los teléfonos. Siempre di por sentado que nos veríamos todos los días en Three Loves, y además me gustaba la idea de que nuestra relación permaneciera ajena a la era de WhatsApp y las redes sociales. Ja. «Relación».

No quiero ni pensar en las alternativas más funestas: ¿habré tenido mal aliento por la mañana?, ¿no habrá sentido química en la cama? Tal vez no le gustó que no estuviera del todo depilada ahí abajo. Y, bueno, es invierno, ¿cómo iba a imaginarme que la noche terminaría así? Al menos mi lencería sí era la indicada.

Hay otra posibilidad: quizá Sebastian es de esos hombres anticuados que se espanta si te acuestas con ellos en la primera salida. Pero los norteamericanos no suelen pensar en esos términos, y menos él. Hasta ahora, más que aplicar la regla de en qué número de cita es apropiado dar un paso más, siempre me he guiado por mi instinto: si hay química, avanza. Si tienes ganas, avanza. Si tu candidato te va a dejar de llamar solo porque te has acostado con él antes de lo que indica el protocolo, entonces hubiera dejado de llamarte a la larga, de todos modos. Y si deja de llamarte por eso, es su problema.

Hasta ahora nunca me ha fallado.

Recibo en el acto un mensaje de Amalia: «Ya está. Mándale un privado por LinkedIn». Ya le dije que Sebastian no usa Instagram ni Facebook. Escribirle por LinkedIn me resulta la opción más patética de todas; incluso más patética que la táctica de un exnovio, que hasta llegó a atosigarme a través del chat de Gmail.

No. Tengo dignidad. Quedamos en que él volvería a visitarme, y eso es lo que haré. Esperar. Aunque no sea mi estilo. Aunque tenga que atarme a la silla de la librería. Si Sebastian quiere encontrarme, ya sabe dónde.

«Mejor prepárate para una buena dosis de *Cómo conocí a vuestra madre*. Yo compro las cervezas», le respondo a Amalia, me quito el tema de la cabeza y vuelvo a trabajar. Me topo con una edición bellísima de *Middlemarch* de George Eliot y al menos eso me roba una sonrisa.

*Agosto de 2018*

Estoy en plena redacción de un artículo cuando me suena el móvil y la pantalla anuncia a Matt.

—Dame quince minutos y te llamo —respondo por lo bajo antes de colgar el teléfono. No tengo ganas de que toda la oficina escuche nuestra conversación.

Diez minutos después le mando el artículo a Benjamin por mail y aprovecho para tomarme la hora del almuerzo. Hoy me he traído una ensalada de casa, pero de pronto no tengo ganas de ensalada, así que decido frenar y comprar un wrap. El día está divino para leer al sol.

Llegando al parque le devuelvo la llamada a Matt.

—Tengo buenas noticias. Me vas a amar más de lo que ya lo haces.

No me sorprende lo que sigue después:

—Efectivamente, Emma Parker es la mujer de Rashid. Ya le he dicho que quieres conocerla, y tienes cita para encontrarte en su oficina el 20 de diciembre a las tres de la tarde.

Grito de la emoción y Matt estalla en carcajadas.

—Me encanta oírte tan contenta. Ha valido la pena la búsqueda, Elisa. Estoy entrando a una reunión, pero quería alegrarte el día. ¿Te veo en casa esta noche?

—¡Vale! Hablamos después. Te quiero. *Bye.*

Que mi novio conozca a Emma me parece demasiado perfecto para ser real, aunque con Matt suelo tener esa sensación. Me siento tan segura a su lado... Siento que todo lo puede resolver, y si él no supiera cómo, sabría con quién contactar. Parece haber heredado esa virtud de Christina, que es la clase de mujer que está a una llamada de distancia de miembros del Gobierno, el portero del edificio o *celebrities* por igual. Y si no tiene el contacto que necesita, lo genera. Lo consigue.

La semana próxima iremos a cenar con mis suegros para anunciarles el compromiso. ¿Será por eso por lo que ando con el estómago cerrado? Voy por la mitad del wrap y no lo puedo digerir.

Llego a Riverside Park y me siento en mi banco preferido a leer *Infortunada noche*:

Podrán acusarme de cursi, pero nadie lo define mejor que Robert Kincaid en *Los puentes de Madison*, cuando dice: «Esta clase de certeza solo se presenta una vez en la vida». La vida está llena de interrogantes y la mayor parte los causa el amor. «Si alguna vez sientes la certeza de haber dado con la persona correcta, entonces aférrate fuerte», le aconsejaría a mi «yo» veinteañero. No todos cuentan con esa bendición.

Isabel me besaba en el cuello, me mordía la oreja y susurraba en mi oído, y no había ni un pelo de mi cuerpo que no estuviera erizado. El vino había logrado el efecto deseado de desinhibición. Y no solo en ella. Bailamos con los cuerpos pegados durante lo que se sintió como una hora (aunque llevar la cuenta de las horas con ella era imposible), antes de que le tomara la mano para llevarla a mi casa. Nos besamos todo el trayecto en el taxi y después seguimos en el ascensor y en el rellano mientras yo hacía malabares para abrir la puerta con esa llave mañosa, rezando por que la vieja del apartamento B no saliera justo para sacar a pasear a su caniche. No me tomé ni el trabajo de encender las luces y nos desplomamos en el sillón. La piel de Isabel era suave, como de bebé, y enmarañados en un abrazo pude comprobar que su pelo tenía, efectivamente, un olor irresistible. No soy capaz de definirlo con precisión, pero hasta hoy puedo cerrar los ojos y sentirlo en las fosas nasales. Hay mujeres con un aroma tan rico en el pelo que te hacen querer acostarte todas las noches a su lado. Hay otras que no emanan olor alguno. Y esas nunca me han atraído.

Hicimos el amor tres veces seguidas —las últimas

dos ya en mi cama— y en cada una hubo sincronía de los cuerpos y los ritmos. No siempre pasa la primera vez, y hoy admito que en el fondo temía que el encuentro pudiera ser un fiasco. Porque la realidad no siempre está a la altura de nuestra imaginación.

A la mañana siguiente, Isabel anunció que no se quedaría a desayunar. Ella era muy estricta con sus horarios de trabajo, aun tratándose de un sábado, y debía estar a las nueve en el atelier. Pero no tuve que ofrecerle mi protesta; con solo sonreírle y besarla en el cuello la convencí de que se quedara un rato más.

Si hubiera tenido que formular mi alegato, le habría dicho que son estos los momentos que más nos inspiran a los artistas; momentos sagrados, que no se dan con facilidad y son la mejor materia para crear nuestra obra.

El «rato» se convirtió en todo el día. Después de las tostadas con huevos y café nos abrigamos y salimos de paseo por Riverside Park. Nos sentamos en un banco solitario y en ningún momento hubo un bache en la conversación. La charla fluía tan bien... Ella argumentaba por qué la literatura rusa era su musa para el arte plástico y yo le revelé mi manía de leer el mismo libro al menos tres veces. Le planteé que Georgia O'Keeffe estaba sobrevalorada solo para verla encendida, contradiciéndome. Nada me gustaba más que Isabel en su faceta dialéctica. Después, ella me provocó a mí criticando la poesía de Auden, aunque pude reconocer sus artimañas y no llegué a enfurecerme demasiado. Jugamos a descifrar el vínculo de la pareja que estaba sentada en el banco de nuestra derecha y ya cuando el frío empezaba a helarnos los huesos coincidimos en que era hora de tomar un café.

A las siete de la tarde, cuando el cielo ya se había apagado y pensamos que habíamos agotado todo tema de conversación, hubo un silencio de tres segundos entre nosotros, que Isabel rompió. «Ahora sí, me toca volver a pintar», me dijo en voz baja, y supe que en el fondo no quería irse. Otro beso en el cuello fue suficiente para retenerla. No nos separamos hasta ese lunes, en que me tocaba volver a trabajar.

No hizo falta que Isabel me pidiera que no le contara nada a Lucas sobre nuestro fin de semana. No lo hubiera hecho jamás; y no solo por los peligros implicados, sino porque Lucas no era mi amigo. Nunca lo fue. Siempre fui reservado respecto a mi vida personal y no era mi estilo compartir con compañeros de trabajo mis andanzas amorosas. Y menos cuando tenían como protagonista a una mujer como Isabel. A mujeres así se las preserva, se las cuida de relatos entre hombres que no le sepan hacer honor. Ese fin de semana me pertenecería, para siempre, a mí. Y a ella también.

Las ganas de sentarme a tomar un café con el protagonista me invaden una vez más y decido que lo más sensato es dejar de leer. Faltan solo tres meses para conocer a Emma y terminar por fin con el misterio de este autor. Rezo para ser capaz entonces de quitarme el tema de la cabeza y concentrarme en la organización de la boda que es, después de todo, lo que una buena novia debería hacer.

*Diciembre de 2016*

—Vamos, Elisa, cambia esa cara. Faltan tres días para Navidad, ¿dónde está ese espíritu de jolgorio?

Oliver me pone un gorro de Papá Noel y sacude un muérdago con la mano derecha. Le respondo con una sonrisa más falsa que billete de tres pesos. Sé que su intención es buena: levantarme los ánimos, pero su sonrisa forzada, espejo de la mía, me deprime aún más.

Cuando uno no está feliz, la parafernalia navideña molesta el triple; duele, mejor dicho, por el contraste con el propio interior. Las lucecitas que suelo colocar me estorban: son el recordatorio de que estoy apagada por dentro. «Qué melodramática», me dijo ayer mamá cuando hablamos por teléfono. A ella siempre le incomodó que tuviera «tantos sentimientos», como le encanta repetir. Quizá tenga razón y sea melodramática, no sé. Pero desde hace dos semanas no tengo novedades de Sebastian y ya lo siento una causa perdida. Si eso no es motivo para el melodrama, entonces no sé qué lo es.

Decidí viajar a Buenos Aires para las fiestas. Me viene bien una dosis de amigas de la infancia, de dulce de leche y familia. Y calor, Dios, calor. Este frío que congela las venas no hace más que deprimirme. Desde hace días me encierro con mis dos enes preferidas: Netflix y Nutella. Me siento Bridget Jones y, si sigo así, voy a desarrollar sus caderas. Hoy añoro a mi familia; a todos, hasta al tío Gregorio y demás parientes ruidosos que normalmente preferiríamos no ver —tan— seguido. Hasta echo de menos el nivel deplorable de conducir del que hacemos gala en las calles y el mal modo de algunos porteños.

—Oliver, salgo a comprar café, ¿quieres?

—No, gracias. No tardes mucho, que hoy estamos desbordados.

Y lo sé. Pero necesito escaparme, al menos unos minutos. En cualquier momento voy a llorar y prefiero que no sea frente a los clientes. Además, debo admitir que he estado yendo a Partners toda la semana con la esperanza de encontrar a Sebastian. Me siento tan patética... Pongo un pie en la cafetería y hago un escaneo general para ver si me topo con sus ojos. Pero Partners es pequeña y la ilusión no dura demasiado: hoy tampoco está Sebastian.

Vuelvo cabizbaja a Three Loves dando un sorbo a un café fortísimo que ni siquiera está demasiado bueno. Pero tomarlo me hace sentir más cerca de él. Así como detenerme a apreciar mi llavero de la Torre Eiffel. A veces lo toco en mi bolsillo. Sí, «patética» es la palabra correcta.

El resto de la tarde pasa relativamente rápido. Un cliente llega en busca de *Nueve cuentos* de Salinger, le comento que fue la mejor recomendación de lectura que supieron hacerme en mis cuatro años de Periodismo y me mira con cara de «y a mí qué me importa». Es culpa mía por buscar complicidad con clientes que tienen rostro de acabar de ponerse un supositorio. Quedamos en salir a tomar algo con Oliver y Amalia después de cerrar y ese será el hito de mi jornada. Lo que he estado haciendo es ponerme una pequeña distracción diaria para no morir de la depresión y tener algo que esperar. Para tachar otro día, cual preso. Para que falte menos para mañana. Para estar cada vez más cerca de olvidar a Sebastian. Si es que eso es posible alguna vez.

Llegamos a Paul's Bar, en Greenwich Avenue. Es nuestro sitio de cabecera. Las bebidas son baratas y los bármanes tienen buen rollo. El espacio es pequeño, estrecho y ruidoso: aloja una mezcla de veinteañeros y habituales de la casa de más de seis décadas de edad, pero tiene buena onda y las paredes están cubiertas con calcomanías y dibujos de Burt Reynolds que con solo verlos siempre mejoran mi humor.

—Gracias, chicos, por haberos sumado al plan. Sé que todos estamos cansados a estas alturas del año. La primera ronda de cerveza la pago yo.

—Para eso están los amigos, Elisa, y además ni que nos hubieras pedido que te acompañáramos a un bautismo un sábado por la mañana, ¡ja! Amamos Paul's Bar.

Oliver me sonríe y le agradezco la empatía con una sonrisa tímida. Desde hace unos días está haciendo un esfuerzo por alegrarme.

—Yo voto por que repasemos hipótesis respecto al paradero de Sebastian. Elisa tachó la posibilidad de que esté en coma en un sanatorio por ser demasiado hollywoodense. Pero algo tiene que haberle pasado. Listo. He tenido una epifanía. ¿Y si es gay?

—Imposible —contesto de modo tajante—. Es imposible sentir la conexión física que tuvimos con un homosexual. No es gay. Y tu teoría me deprime. Si al día siguiente de haber estado conmigo se levanta y dice: «Uy, creo que soy homosexual», directamente me tiro de un puente.

—Bueno, siguiente hipótesis. Apareció la ex. Ya sabes que las mujeres tenemos buen olfato. Ella olió que él andaba enganchado con otra y, pum, lo llamó al día siguiente de tu «salida».

Mientras elabora su teoría, Amalia se entusiasma, convencida de que esa tiene que ser la respuesta.

—No suena ilógico —agrega Oliver—. Los hombres tenemos una debilidad hacia nuestras ex. En el fondo, a muchos les gusta lo conocido, lo predecible, las relaciones que los mantienen en su zona de confort.

—Descabellado no suena, no. Puede ser. Pero ¿por qué no ha tenido la cortesía de venir a verme y darme una explicación a la cara? ¿Ante la primera llamada de la exnovia se olvida de todos los meses de coqueteo que hemos tenido? ¿Tan poco me estima que ni siquiera...?

—Yo voto por que lo llames tú —interrumpe Amalia en voz baja por miedo a mi reacción—. Ya sé que no intercambiasteis el teléfono y bla, bla, pero ¿tan difícil puede ser conseguirlo en el siglo veintiuno? Sebastian pagó con tarjeta de crédito más de una vez, tenemos sus datos.

—No es una opción, Amalia. Seré orgullosa, miedosa, llámalo equis; pero no tengo ganas de jugar a rastrear a alguien a quien no le importo.

—Okey, cambiemos de hipótesis —propone Oliver mientras me acerca la cerveza para que le dé un trago—. Tengo otra. Quizá le divirtió el acecho. Quizá quería ligar contigo y una vez que lo logró, *next*.

Yo también me planteé esa posibilidad. Pero ¿tan mala persona puede ser Sebastian de mentir con tanto descaro sobre el futuro para conseguir lo que quería en el presente? Nunca me dio esa impresión. Y soy una mujer intuitiva, siempre lo he sido.

—Puede ser que tengas razón, Oliver. Pero, si es así, me rompe el corazón. Pensé que era otra clase de hombre. Pensé que en Nueva York estaba protegida de la histeria masculina que vive en el ADN argentino.

—No, querida. Tengo malas noticias para ti: los neoyorquinos son tremendos. Los que aún siguen solteros, claro está, que cada vez son menos. Bueno, y los casados también. Más de una vez me ha invitado a salir un casado sin siquiera tomarse el trabajo de quitarse el anillo. No quiero deprimirte ni contagiarte mi cinismo, pero tienes que estar preparada para muchas de estas desilusiones.

La voz de Amalia es suave pero decidida. Sé que quiere hacerme el favor de romper mi ingenuidad y advertirme sobre el arduo campo de batalla de las citas. Campo que, por cierto, no tengo ganas de explorar aún.

—Yo voto para que cortemos con el juego del enigma de la Esfinge, disfrutemos de la juventud y no perdamos tiempo con ese tonto. Elisa, eres una mujer increíble: hermosa, inteligente, divertida. Y buena persona. Si Sebastian no lo ha sabido valorar, es problema de él.

—¡Chin, chin! —brinda Amalia, y con un nudo en la garganta yo también doy un sorbo a mi cerveza.

Un cuarentón me sonríe desde la mesa de al lado, pero me deprimo de solo imaginarme devolviéndole una sonrisa falsa. No tengo ganas de sonreírles a extraños. No tengo ganas de salir con nadie que no sea Sebastian.

*Agosto de 2018*

Llegamos a Per Se antes que Christina y Bob, lo cual es extraño porque llegamos cinco minutos tarde.

El restaurante es hermoso, tiene una vista increíble a Columbus Circle y su decoración es minimalista, pero rebosante de buen gusto. Vengo directa de trabajar, así que aprovecho a pasar por el baño para lavarme la cara. Huele de maravilla y a la salida le pido al camarero que por favor me averigüe cuál es la fragancia del ambiente. Lo hago antes de que llegue Christina porque seguro que le parece ridículo que pregunte algo así. En cambio, los camareros en este tipo de restaurantes te hacen sentir especial. Sé que les pagan para eso, pero igual disfruto de sentirme mimada durante un rato. De todos modos, si la elección fuera mía, jamás vendríamos a este tipo de restaurantes: no solo porque no puedo pagar los trescientos cincuenta dólares que cuesta el cubierto por persona (sin contar las bebidas, muchas gracias), sino porque me gustan los espacios más relajados, informales. Pero tampoco me hago la rebelde y si vengo de vez en cuando e invitada, enhorabuena. Después de todo, no está tan mal eso de probar los platos de un chef galardonado con estrellas Michelin.

La mala noticia es que el menú consta de nueve platos y después es el turno del postre, y yo pensaba liquidar la velada lo antes posible. Tendré que armarme de paciencia.

Cinco minutos después aparecen Bob y Christina.

—Perdón por el retraso, el tráfico es un infierno.

—Deberías haberlo previsto, como te encanta repetir, mamá —le comenta Matt en broma. Pero a Christina no le causan gracia las bromas que la tienen como centro y responde con una sonrisa impostada y una mirada fulminante.

Mi suegro elige el vino —aunque lo ayuda un sommelier tarda bastante porque la carta es eterna; por fin se inclina por uno francés cuyo nombre no puedo pronunciar— y yo no dejo de preguntarme en qué momento de la cena Matt hará el anuncio. Por un lado prefiero que sea rápido, para quitármelo de encima, mientras que otra parte mía espera que se olvide y lo anuncie en otro momento. Sin mi presencia en la sala.

Matt debe de intuir que estoy nerviosa porque me toma la mano mientras charla con su padre, pero pasan los primeros tres platos y la conversación alusiva al matrimonio no asoma ni remotamente.

No me esmero en hablar. Desde hace tiempo abandoné el intento de agradarles a mis suegros; ¿para qué? Si Bob prefiere que las mujeres permanezcan calladas y Christina objeta todos mis comentarios las veces en que al menos los responde.

De pronto, hacia el plato número cinco de la degustación, se produce un silencio en la conversación y sin darme cuenta me encuentro pronunciando en voz alta:

—Matt, hay algo que quieres contarles a tus padres, ¿no?

Sorprendido ante mi comentario, Matt contesta:

—Sí, bueno, hay algo que ambos queremos contarlos. Nos casamos en mayo del año que viene.

—¡Felicidades! —exclama Bob y alza su copa de vino.

Christina hace otro tanto sin pronunciar palabra, pero regalando una mueca que pretende pasar por una sonrisa.

—Contad conmigo para pagar lo que haga falta, ¡ja! Y con tu madre para toda la organización, en eso no puedo ayudar —dice Bob, entre risas, y hace un gesto a Christina como para que acote algo más.

—Sí, claro, la organización es lo mío, pero no hablemos de eso ahora, que no queremos abrumar a la pobre Elisa.

¿Abrumarme? ¿Yo? ¿Por qué? Si la boda va a ser íntima y en el lugar que elija con Matt. Pero opto por tomarme el comentario como un gesto considerado de Christina hacia mí en vez de leerlo como una señal de peligro.

Y con eso se acaba la conversación sobre el enlace. Nada de brindis con champán, nada de preguntas acerca de cómo fue la propuesta o cómo será la luna de miel. Dan el tema por zanjado, como si Matt hubiera anunciado que nos íbamos a pasar el fin de semana a Connecticut. El resto de la cena se charla sobre la comida de Per Se (riquísima, en mi opinión, pero muy por debajo de la categoría de otros restaurantes con estrellas Michelin para Christina), de trabajo y de no mucho más.

De vuelta en el coche con Raúl, le pido perdón a Matt por mi exabrupto.

—Nada de que disculparte. Me encanta que seas tan impulsiva. Y me gusta que le hayas dado importancia al anuncio con mis padres, te he visto nerviosa.

—Los que no le han dado demasiada importancia

han sido ellos —respondo, y cuando me doy cuenta ya es demasiado tarde como para dar marcha atrás.

—Para nada, Elisa. Ellos son así. No pretendas brillantina y confeti porque no es su estilo. Eso no quiere decir que no estén felices por nosotros. No sé cómo será tu familia, pero a nosotros, los Carrington, no nos gusta alardear respecto a nuestros sentimientos.

Es evidente que Matt está molesto por mi comentario, así que opto por dar por finalizada la conversación. Seguimos el viaje en silencio. Quince minutos después llegamos a su casa, nos acostamos y me da un beso de buenas noches, antes de susurrarme un «te amo» al oído.

El enfado a Matt nunca le dura demasiado y esa es una de las tantas cosas que me gustan de él. Que sea tan simple, tan poco rebuscado. Pero esa noche no logro conciliar el sueño y me voy al salón a leer la novela:

Me gustan las mujeres con personalidad. Las mujeres como ella, que no temen dar su opinión, aunque no siempre sea lo que uno quiere escuchar. Las mujeres que no intentan impresionarte de la manera obvia, con risitas y ademanes que delatan que están en pleno coqueteo, sino con el interior de su cabeza, su visión del mundo. La protagonista de *La rebelión de Atlas* dice que le sorprende y valora cuando un hombre se fija en ella, no por no creerse merecedora de admiración por parte del sexo opuesto, sino por saber que su encanto no es universal. O algo así. No leo el libro desde hace diez años, pero esa idea se me quedó grabada.

No soy mujer, pero imagino que no lo tienen fácil en

esto de la seducción. Aunque, a la vez, los hombres podemos ser tan predecibles, tan fáciles de leer...

Isabel sonaba inteligente hasta cuando decía algo trillado. Por eso me gustaba tanto. Jamás tuvo pudor en adoptar lugares comunes cuando eran verdad. Bueno, por algo son comunes, ¿no? Y de su boca, hasta los clichés sonaban novedosos...

Estar enamorado en una ciudad como Nueva York tiene su encanto, no así estar soltero. Si alguien dijo que a los hombres no nos invade también de vez en cuando ese afán en compartir la vida con una pareja, está equivocado. Si bien no sé si es cierto que la felicidad solo es real cuando es compartida, sé que al menos se disfruta un poco más. Me considero un tipo solitario en muchos aspectos, pero también disfruté de la vida en pareja. El desayuno, sobre todo. Aunque no nos dijéramos una palabra mientras yo me bajaba el bol de cereales y ella untaba su tostada, desayunar en pareja tiene un no sé qué. Me reconfortaba saber que había alguien con quien empezar y terminar la jornada. Con quien compartir el ritual del café. Y la energía femenina me encanta. Ni siquiera sé bien qué es lo que habría hecho Isabel para volver mi casa más cálida si hubiéramos llegado a tanto. No es que ella hubiera cocinado o perfumado mi ropa. Nada de eso, el que cocinó siempre fui yo y la ropa perfumada me da alergia. Pero algo me decía que Isabel era de esas mujeres que de un frasco vacío de mermelada montan un florero y que se toman el trabajo de revelar fotos que de otro modo hubieran quedado cautivas en la nube.

Me gusta estar enamorado en Nueva York. Los paseos de a dos por Riverside Park, aun cuando es invierno y los árboles están deshojados y el frío penetra los huesos. Entonces nos gustaba darnos la mano y contagiarnos el calor.

¿Hasta cuándo se da la mano una pareja? Tal vez esa sea una señal elocuente de que el amor sigue siendo tal, si es que existe algo como señales elocuentes para comprobar la existencia del amor.

Hasta sentí ganas de tener un perro desde que conocí a Isabel. Tantas veces había imaginado caminatas por el Upper West Side con nuestro jack rusell mientras tomábamos un brunch y saludábamos a los vecinos, que nos preguntarían: «¿Cómo se ha despertado Willie hoy?». Me gusta el nombre Willie en un perro, es simpático y cariñoso, un apodo que quizá Anne Hathaway habría podido susurrar en el oído del Bardo de Avon.

Otra ciudad donde me gustaría estar enamorado es París. Isabel no la conocía todavía y yo fantaseaba con poder llevarla algún día. Nuestro sueño era tomarnos un año sabático para estudiar en la Sorbona. Alquilar un pequeño apartamento frente a los Jardines de Luxemburgo o en Saint-Germain-des-Prés. Desayunar cruasanes y baguettes frescas y tomar chocolate caliente en Angelina's y todos esos clichés parisinos que hacen que la vida sea poesía, con la bohemia que vivían Hemingway o Cortázar, aunque con un poco más de presupuesto. Es que sin dinero no puedo darme gustos epicúreos ni resistirme a caer en la lectura digital. Eso de que no me importara tener dinero o no era a los veintipico.

Cuando por fin viajemos a París, ella va a pintar y a pasear por el Orsay y el Orangerie, y mientras yo escribiré y vagabundearé por las riberas del Sena. Nos vamos a juntar a almorzar en Le Marais y después haremos el amor toda la tarde.

¿Llegará ese futuro alguna vez?

Nueva York es dura si estás soltero. El invierno es eterno y oscurece muy temprano. Durante años no estuve en pareja y no tenía prisa alguna por forzar una relación. Muchas mujeres huelen desesperadas y eso me genera rechazo. Prefiero estar solo antes que jugar a la casita con una mujer insulsa. Pero Isabel no es así.

La pregunta a esas alturas era cómo enamorarla. Me refiero a enamorarla de verdad. Me sabía cerca de los desayunos para dos, los paseos por el parque y las caminatas con Willie por el Upper West Side. Tenía un par de trucos bajo la manga, artilugios que a través de los años había comprobado que eran infalibles.

¿El primero? Romper el hielo. Rápido. Eso lo hice y funcionó cada vez. Descolocar a la otra parte con un comentario fuera de lugar, aunque no tan desubicado para ganarte una torta. Después seguir más liviano, retomando lo que ella quiere escuchar... y volver a sorprenderla un poco más adelante. El factor sorpresa siempre ha sido mi principal aliado.

¿El segundo? Desafiar ese dicho que afirma que «el hombre propone y la mujer dispone», y en cambio llevarla a disponer. Dejarla con ganas de más.

Y el tercero...

Al leer lo que siente el protagonista me pregunto si es posible sentir chispas, como las que siente él hacia Isabel, y que ese amor no derive en una relación trágica, pasional. ¿Acaso no será más fácil conformarse con alguien que nos quiera sin tantos fuegos artificiales pero con una estabilidad mayor? ¿Me estaré resignando con Matt? Pese a que la palabra tiene muy mala prensa, es posible que sea lo más sano. «Aceptar», que suena mejor que «resignar». Pero tal vez no sea esa la fórmula. Quizá no debamos aspirar a nada menos que a chispas y fuegos artificiales. Ya lo dijo Carrie Bradshaw: hay quienes se niegan a nada que no sean mariposas. Y quizá Matt también me las pueda hacer sentir, solo que todo se da tan naturalmente entre nosotros que yo misma apago las chispas en este afán de forzar una vida novelesca y sobresaltada. A la larga, apuesto a que voy a comprobar que la estabilidad está muy bien y que es mucho más de lo que algunos pueden pedir.

# 6

*Diciembre de 2018*

Llegamos a Heathrow y ya estoy emocionada. Sueño con conocer Londres desde que tengo uso de razón. Amo Inglaterra; su estética, su literatura, sus paisajes, el acento inglés. Los personajes de la literatura infantil, su moda, el teatro. Las flores. Los jardincitos que adornan las esquinas. Y podría seguir *in eternum*.

Estaba esperando el momento exacto para conocerte, Inglaterra querida. Pero aunque a almas ansiosas como la mía nos cueste aceptarlo, hay ciertos momentos de la vida que no se pueden adelantar. Hoy, por fin, me llegó el día de visitarte. Y que sea de la mano de Matt hace que el viaje sea más perfecto aún. Nos viene bien un poco de tiempo a solas. Estos últimos meses él ha estado enterrado en trabajo y yo he andado algo desconectada. No sé si por miedo a lo que va a pasar en mayo o por qué, pero estaba ansiando tener unos días en pareja.

Siento algo de culpa por estar tan entusiasmada con

el encuentro con Emma; después de todo, estar obsesionada por desentrañar la identidad de un autor masculino podría sonar rayano en lo infiel. Conocer en persona a alguien que te hace pensar y te hace reír es peligroso. Aunque, pensándolo bien, mi fin es noble: terminar con esta manía para poder cerrar el asunto de una vez. Y concentrarme así en el enlace. Además, lo que más me interesa es conversar acerca de sus personajes, y eso no tiene nada de malo.

Helene Hanff dice en *84, Charing Cross Road*: «Recuerdo que años atrás un chico al que conocía me dijo que las personas que viajaban a Inglaterra encontraban exactamente lo que buscaban. Yo le dije que buscaría la Inglaterra de la literatura inglesa, y él asintió y me dijo: "Está allí"». Algo me dice que así será en mi caso. Voy a volver con mi misión cumplida. Voy a encontrar en Inglaterra lo que vine a buscar.

Llegamos a nuestro hotel en Chelsea, 11 Cadogan Gardens. Es un hotel boutique, tradicional, de estilo victoriano. Nos recibe un botones sexagenario y con solo oír su acento me brotan las ganas de salir a recorrer la ciudad.

—Las habitaciones no son muy grandes, pero me gusta mucho este hotel. ¡De fuera parece una casa! —explica Matt como pidiéndome perdón mientras entramos a nuestro cuarto. ¿De qué disculparse? El hotel es divino. No puedo pedir más—. Mis padres conocen a la familia Cadogan, así que siempre nos alojamos aquí. El desayuno es riquísimo y estamos en pleno Chelsea, a pocos pasos de Sloane Square y de los museos de South Kensington —continúa mientras se desmorona con un suspiro en la cama mullida, después de quitarse los zapatos.

Me acuesto a su lado. De pronto siento ganas de hacer el amor pero Matt enciende la televisión. Está en otra sintonía.

—Me parece que voy a dormir una siesta. Me espera una reunión por la tarde con mis socios y quiero estar descansado.

—Yo tengo una lista eterna de cosas que quiero hacer, así que, si no te molesta, voy a ello y nos vemos a la noche para cenar. ¿Vale?

—Excelente. Tenemos reserva a las siete en Chiltern Firehouse. Salimos a las seis y media de aquí.

Matt me da un beso en la frente y se acuesta con el antifaz puesto.

Más que un restaurante «de moda» preferiría conocer alguno de los de mi lista o ir a un pub como The George, que dicen que frecuentaban Shakespeare y Dickens. Pero para no molestar a Matt no le digo nada. Se lo ve bastante estresado con la reunión pendiente.

Me cambio la ropa para no seguir usando los tejanos y la camiseta con los que viajé. Solo tengo que lavarme los dientes y estoy lista.

—Para, Elisa, antes de que me olvide... ¿Necesitas que llame un coche? Hace mucho frío afuera.

—¿Estás loco? ¡Qué sacrilegio! Nada de coches, pretendo caminar y en todo caso subirme a esos autobuses rojos tan típicos de Londres.

—*Okey*, pero abrígate. Muy romántico tu paseo, pero no quiero que te pongas enferma.

Antes de salir de la habitación me acuerdo de llevar mis auriculares. Tengo una *playlist* con mis temas preferidos de bandas inglesas. Están minuciosamente seleccionados, la monté hace como tres años, cuando empecé a planear un viaje a Londres que por distintos motivos al final nunca concreté. Es difícil salir de las garras de Nueva York y más cuando tu familia vive en Argentina. Todos mis intentos de periplo terminan en Ezeiza.

Mientras bajo por el ascensor suena «Here Comes The Sun» de los Beatles y yo decido ir directo a Bloomsbury, el barrio de Virginia Woolf. Tomo un autobús, porque, de acuerdo con mi teléfono, la caminata dura cerca de una hora y prefiero optimizar el tiempo.

Bloomsbury es todo lo que imaginé y más. Hasta me gusta cómo suena la palabra, tan inglesa. Bloomsbury. No sé si estaré sugestionada, pero en sus calles se puede respirar un aire intelectual y académico. Me distraigo observando los edificios y sueño con cómo sería vivir en este barrio, estudiar en la Universidad de Londres y juntarme después con mis compañeros en alguna de las cafeterías literarias o para tomar una rica cerveza en un pub.

Sigo el recorrido y me maravillo ante las hileras de casas, que se ven tan cuidadas y con tantos detalles... Creo que esto es lo que más me gusta de Londres: lo cuidadas que están las casas en barrios así. Fantaseo con aquella época de cambio: ser amiga de Virginia, de E. M. Forster y de Clive Bell, vivir por y para el arte en un ambiente tan artístico y transgresor... Pero mi lista de reproducción interrumpe mis fantasías cuando me traiciona con «La chanson de Prévert». No me dan los dedos para poner «siguiente». Se me olvidó borrar ese tema.

¿Querrá acompañarme Matt al Museo Británico? Me río por dentro ante mi ocurrencia: Matt no es para nada fanático de los museos, así que mejor aprovecho que estoy en la zona para visitarlo yo. No pretendo abarcarlo todo, porque es titánico, como el Metropolitan. Los museos tan grandes prefiero recorrerlos en varias visitas. Y nada me gusta más que hacerlo sola: a mi propio ritmo, sin tener que dedicar horas en salas que me aburren (en general, las de artefactos medievales) y deteniéndome en las que sí me conmueven, sin miedo de estar aburriendo a mi *partenaire*. «Hay placeres que se disfrutan mejor en solitario», dice Serge Lion en *Infortunada noche*, y vaya si coincido con su afirmación.

Mis favoritos del museo son la piedra Rosetta, los restos del Partenón —comentario aparte respecto del hecho de que estén en suelo inglés y no en Grecia—, las momias egipcias (mis preferidas también en el Metropolitan) y, claro, la sala de lectura abovedada. Elecciones trilladas las mías, pero ¿cómo no priorizar estos hitos de la cultura de Occidente? Para apreciar a artistas plásticos ya tendré tiempo de ir a la National Gallery.

Dos horas después desde mi teléfono suena «Somebody To Love» y decido seguir hacia algunas de las librerías de la zona, donde aún se respira el aire intelectual de la época de Virginia y sus amigos. No hay mejor programa para espíritus melancólicos, como el mío, que añoran esa época dorada en que Amazon no tenía el monopolio y las librerías no debían hacer malabares para subsistir. No llevo un libro conmigo esta tarde, lo cual es extraño, así que tengo la excusa perfecta para comprarme uno. Pensándolo bien, quizá lo haya hecho adrede, aunque nunca hacen falta excusas para comprar un nuevo ejemplar.

Empiezo por Skoob Books, que vende usados. Con solo poner el pie en la librería me invade la nostalgia de cuando trabajaba en Three Loves. Vivir rodeada de libros y ayudar a los clientes a elegir un título, aprender de los lectores más asiduos, los almuerzos con Oliver, las visitas de... En fin.

Una edición bellísima de *Rebecca* me saluda desde un estante y no puedo no llevármela. Es el libro preferido de mi madre. Y, ya que estamos en el barrio, aprovecho para comprar un ejemplar de *La duquesa de Bloomsbury Street*, excelente idea de regalo para Amalia, aunque jamás lea ni una página de los libros que le recomiendo. Pero esta edición tiene prólogo de Plum Sykes..., quizá con eso la seduzca.

Ya son las cinco de la tarde y no tengo demasiado tiempo antes de la cena, así que mis elegidas para el resto del recorrido son Atlantis Bookshop (solo para conocer una de las librerías más antiguas de Londres; el ocultismo no es lo mío) y London Review Bookshop, para revisar su catálogo y sentarme a tomar un café. Está helado fuera y a mis pies les viene bien el descanso. No pienso admitirlo delante de Matt, pero quizá tome un Uber de vuelta al hotel y de paso le pida al conductor que frene en la casa de Charles Dickens, así al menos tendré una foto con su fachada.

*Enero de 2017*

Un mes después de nuestro encuentro sigo sin tener rastros de Sebastian. El «ring, ring» de Three Loves es el recordatorio doloroso de que él todavía no ha vuelto para verme. Ayer encontré el ejemplar de *El baile de Natacha* que al final nunca pasó a comprar y tuve ganas de deshojarlo. ¿Y ese maldito llavero de la Torre Eiffel? Será triste, pero no puedo dejar de usarlo..., aunque me cause dolor.

La única novedad que me entusiasma es que viajo a Argentina la semana que viene, a visitar a mis padres y huir del frío neoyorquino. El invierno hace mucho más deprimentes los pesares del corazón y más patética la imagen de esta veinteañera soltera que, lejos de llevarse las discotecas y bares por delante, ansía que llegue la noche para volver a su casa, ponerse el pijama y las pantuflas y devorar Netflix con su Häagen-Dazs como única compañía. De la Nutella ya me he hartado y churros con dulce de leche no pienso volver a comer durante una buena temporada.

Amalia insiste en que debería salir más. Argumenta que soy «joven, interesante, mona», que hay una fila de hombres allá afuera listos para salir conmigo. Bueno, yo me pregunto dónde diablos están. No los veo. Esta es la peor ciudad del mundo para estar soltera. Y más allá de lo que opine Oliver, bajar Tinder no es una opción. Si el destino no logra cruzarme con el hombre de mi vida, entonces yo no lo voy a forzar. Me dedicaré a pasar el resto de mis días rodeada por mis libros. Después de todo, la lista de títulos que me quedan por leer es eterna. Todavía me faltan tantos clásicos... He leído tan poco de Dostoyevski, Silvina Ocampo, Henry James. Le tengo tantas ganas a Saki...

«Conseguí una salida a cuatro. Mañana, tú y yo, y dos bombones. A las ocho. Di que sí»: recibo este mensaje de Amalia y me pregunto cómo le estará yendo en su cita de hoy. Parece que no muy bien si está con el teléfono organizando otra para mañana. ¿Salvo que sea con el mismo chico? No lo creo, no le gusta repetir candidato dos noches seguidas. Una vez me explicó que tiene una teoría de por qué hacerlo le trae mala suerte, pero no le presté demasiada atención. Amalia puede ser demasiado supersticiosa para mi gusto. Mmm, ni siquiera me acuerdo de cuál era su candidato de esta noche. ¿El cuarentón o el divorciado? ¿O eran el mismo? Es imposible seguirle el ritmo a esta mujer. Amalia también está soltera, pero todas las noches tiene una cita diferente, así que no es una gran compañera de pesares.

Respondo: «Imposible, ya tengo una cita para mañana» y alejo el teléfono para concentrarme en *Anatomía de Grey*. La estoy viendo entera, por segunda vez. Mañana tengo cita, sí: cita virtual con Patrick Dempsey. Y no pienso faltar.

*Diciembre de 2018*

Resulta que Chiltern Firehouse también es de André Balazs, el dueño del restaurante donde nos comprometimos. Así que la elección de Matt no estuvo tan mal. Sé que lo pensó como un gesto romántico. A la mañana siguiente de nuestra cena me despierto temprano, antes de que suene el despertador. Estoy ansiosa por salir para seguir visitando la ciudad. Anoche Matt me prometió que dedicaría la mañana a estar conmigo, pero antes de acostarnos me avisó de que le había surgido una nueva reunión. Aunque me desilusioné al enterarme, a la vez lo entiendo. Él ha venido por trabajo.

Mi encuentro con Emma Parker es a las tres de la tarde y apenas abro un ojo tomo mi teléfono para organizar la jornada con tiempo.

—Buen día, Elisa. Googlear desde tan temprano te va a hacer mal.

—Lo sé, pero quiero comprobar qué lugares de mi lista abren hoy y cuáles son los horarios, para organizar mi recorrido.

—¡Qué pánico ver esa lista! Deberías dejar de ser tan obstinada y confiar en mis recomendaciones. Conozco muy bien esta ciudad.

—Sin ofenderte, querido, soy una excelente investigadora de las mejores atracciones citadinas. Además, conociéndote, me vas a mandar a ver los London Dungeons y al Westfield, que no están precisamente en mi lista de prioridades.

—Ja, ¡qué atrevida! Te iba a recomendar St. James's Park, mi preferido, y el hotel Ritz, que sale en *Notting Hill*. Y la feria de Portobello, y...

—Me tientas con St. James's. Pero tengo ganas de quedarme por la zona, así que me parece que hoy hago

Chelsea Physic Gardens, la galería Saatchi y el museo Victoria and Albert, si me da tiempo.

—Haz como prefieras, yo voy pidiendo que os traigan el desayuno al cuarto y mientras me doy una ducha rápida. Te invitaría a que te sumaras, pero te veo muy entretenida con el teléfono.

Le tiro un beso en el aire y mientras se da un baño pienso qué ponerme. Quiero estar cómoda para el paseo pero también presentable para mi encuentro con Emma. Mmm, presentable, abrigada y cómoda: tres categorías que no suelen casar muy bien. Mejor paso por el hotel después del almuerzo y me cambio tranquila, no puedo lidiar con esto ahora.

Después del desayuno —Matt tenía razón: es exquisito y nada me gusta más que los desayunos de hotel— salgo disparada a caminar con «Heroes» de David Bowie como tema de fondo, antes de que suene «Don't Go Breaking My Heart» de Elton John. El jardín abre a las once, así que decido empezar por la galería Saatchi, donde hay una interesante muestra sobre Tutankamón. Pero ya vi suficientes momias ayer y empieza a brotarme la ansiedad. Estoy nerviosa por el encuentro con Emma y no logro concentrarme y disfrutar de la exhibición. Menos mal que la entrada es gratuita; quince minutos después de haber llegado, me retiro sin culpa hacia el Victoria and Albert.

En honor a mi padre empiezo el recorrido por las colecciones permanentes, aunque lo que en verdad me interesa es la escultura de porcelana de Rachel Kneebone, *399 Days*. Me dirijo entonces a la colección medieval y renacentista, donde está la obra. La aprecio durante unos minutos antes de que empiecen a incomodarme los empujones de los turistas, ávidos por conseguir una foto de la pieza. Estoy lejos de ser misántropa, pero detesto las multitudes de los museos. Arruinan la experiencia por completo.

Compruebo el folleto y resulta que hay una muestra de un diseñador conocidísimo, pero las entradas están agotadas y cuestan como veinte libras. Ni loca gasto esa cantidad de dinero en una muestra sobre vestidos de fiesta...; seré ignorante, pero la historia de la moda del siglo veinte no me conmueve demasiado.

Lo que más me gusta del Victoria and Albert es el edificio en sí mismo. La colección de joyas es impresionante, pero más bien quedo boquiabierta ante la majestuosidad de la construcción. Insisto: tengo que ampliar mi léxico arquitectónico y quizá pueda ser una de mis metas para el próximo año.

Sigo camino hacia el Chelsea Physic Garden. Una lluvia sutil pero helada hace que no termine el paseo. Aunque Londres rebosa de decoraciones navideñas, no logro disfrutarla con tanto frío. Me había imaginado sentada en un banco, leyendo *Rebecca* al sol, pero la realidad está lejos de esa postal. Me dirijo a la cafetería de los jardines para el segundo café de la mañana. Con estas temperaturas vale todo.

Después de almorzar en el Colbert que, según Trip Advisor, es un clásico de Chelsea, vuelvo al hotel y agradezco a la humanidad haber inventado la calefacción. La lluvia se ve pintoresca desde la ventana, pero a mi pelo no le sienta bien la llovizna. Y mi bolso de piel tampoco es a prueba de agua.

Con algo de molestia me debato entre darme una ducha (me bañé anoche y no soy de bañarme tan seguido) o secarme el pelo para arreglarlo un poco y ya. Gana la segunda opción. No quiero que el jet lag me juegue una mala pasada en la reunión con Emma, así que prefiero ahorrarme el tiempo en el baño y descansar al menos una media horita. Pero la tentación del teléfono es más fuerte y malgasto preciados minutos de sueño respondiendo mensajes de mamá, Amalia y Benjamin, que nunca me escribe por WhatsApp salvo ahora que estoy en Londres. Un clásico.

«Estate abajo a las dos y cuarenta y cinco, que pasará a buscarte un coche por el hotel», anuncia un mensaje de Matt. Me prometió que iba a acompañarme a ver a Emma, pero su siguiente mensaje avisa de que llega tarde, que vaya sin él «y nos encontramos allá».

No sé si es por el frío, los nervios de ver a Emma, la falta de compañía de mi novio o qué, pero reconozco que estoy desilusionada. Tenía más expectativas con respecto a este viaje y mañana es nuestro último día, así que espero poder revertirlo a tiempo. Me da pena volverme con esta decepción. Me da pena no vivir Londres como lo hizo Helene Hanff. Más bien me siento como ella al principio de *La duquesa de Bloomsbury Street*, cuando siente que el viaje ha sido innecesario y todo lo vive como una desilusión. Pero ella llega a revertir la imagen y yo, en cambio, hasta ahora no he contado con esa suerte.

Aparto el teléfono para no tentarme y actualizar mi *feed* de Instagram por decimocuarta vez en los últimos diez minutos, y me obligo a cerrar los ojos. Giro y me doy la vuelta en la cama cual pollo asado, pero cinco minutos después está claro que no voy a lograr conciliar el sueño. Me dedico entonces a arreglarme el pelo, que se ve más seco de lo normal. Debe de ser por el agua inglesa, que me lo deja más apagado.

Qué ponerme es la pregunta. Mi suegra me regaló un abrigo para mi cumpleaños, que nunca he usado, pero que es perfecto para un día como hoy. Es color camel, obvio. Marca Burberry, quizá una elección demasiado obvia para estar en Inglaterra, pero es el más abrigado que tengo y el único que no tiene bolitas aún. No debería mojarlo, pero si voy y vuelvo en coche no habría problema. ¿Podré ir en zapatillas? Ojalá estuviera Amalia aquí conmigo para ayudarme a sortear la encrucijada de elegir entre mis botas negras sin tacón o las Adidas blancas, que son más deportivas pero más osadas también. Le mando un mensaje para pedir su opinión, pero me lee y no me contesta. Seguramente está trabajando. Maldita. Cuando le conviene se las ingenia para responder. Mmm, creo que es mejor pecar de elegante, así que opto por las botas. Completo el atuendo con un pantalón de pinzas negro y un suéter cremita de *cashmere* que me regaló Matt. Los pocos elementos caros de mi vestuario fueron regalo de los Carrington.

Dos y media, ya estoy en el vestíbulo y justo ahí me llega el mensaje de Amalia: «Ambas están *okey*». Mientras espero, aprovecho para releer *Heartburn* y de pronto siento nostalgia por el Upper West Side. Después de todo, Norah Ephron es sinónimo de ese barrio. Siempre que necesito apagar la cabeza leo *Heartburn*. Pero que me dé nostalgia por Nueva York no es la idea, así que mejor dejo de leer.

Dos y cuarenta y cinco, puntual, se acerca un coche a la entrada del hotel y ni hace falta que el portero me avise de que vienen a buscarme a mí. Gracias a Dios, ha dejado de llover. Me subo a un vehículo cómodo, con asientos de cuero y un sutil perfume a limón. El chófer no me pide las coordenadas, parece que Matt ya se ha ocupado de darle la dirección; en cambio, me ofrece una botella de agua y me pregunta si la temperatura me resulta agradable.

El tráfico nos juega una buena pasada y cinco minutos después ya estamos en Mayfair, en Coleridge Press. Llegamos un poco antes a la cita, pero me da pena pedirle al chófer que esperemos en el coche, así que le agradezco el viaje y me despido.

El edificio no llama la atención desde fuera. Me recibe un señor mayor con cara de amoroso. Todo indica que es el portero. El vestíbulo es moderno, está ambientado en blanco y en una de las paredes exhibe los últimos lanzamientos de la editorial. Una recepcionista tan concentrada en el ordenador que se le marca la arruga del entrecejo me sonríe cuando me acerco a su escritorio.

—Buenas tardes, tengo una cita con Emma Parker a las tres. Mi nombre es Elisa Mayer.

—Ya la anuncio, señorita Mayer. Tome asiento, por favor.

La recepcionista toma el teléfono con manos delicadas y habla en voz baja; no llego a escuchar la conversación, pero es probable que esté anunciándome a la secretaria de Emma. Ojalá que Emma no sea de esas personas que consideran una impuntualidad llegar antes de tiempo.

«Me he retrasado, no voy a poder ir. Mucha suerte», dice el mensaje que recibo de Matt. Maldito. Era obvio. Diez minutos después, la recepcionista me señala el ascensor y me indica que suba al cuarto piso, donde me recibe la que debe de ser la secretaria de Emma. La mujer aparenta tener unos treinta años y es todavía más mona que la recepcionista. ¿Acaso hacen casting en este lugar? ¿Emma trabaja en una editorial o en una agencia de modelos? ¿Las inglesas no tenían dientes feos y mala piel? De pronto me siento un poco intimidada, y en esas alguien pronuncia mi nombre:

—Hola, ¡tú debes de ser Elisa! Bienvenida. —Sale a mi encuentro una mujer espléndida, con una de esas sonrisas que iluminan el ambiente y ese acento que tanto me gusta y al que todavía no termino de acostumbrarme. Le hago un escaneo rápido y me arrepiento en el acto: Christina me ha contagiado la manía. Emma tiene las mismas Adidas que casi me he puesto hoy, pero en ella no se ven informales; al contrario. Con su *palazzo* azul de Francia y camisa blanca, parece la versión joven e inglesa de Inès de la Fressange. Bah, ¿Inès era la castaña o la rubia?

No sé si saludar a Emma con un beso o extenderle la mano, y se genera ese momento incómodo en que uno pone la mejilla mientras el otro ofrece el brazo. Nos reímos a la vez y nos decidimos por un beso, que resulta que en Inglaterra es doble, así que otro momento torpe se genera ahí. Emma huele de maravilla, y lo sé porque me dan ganas de cerrar los ojos durante unos segundos para absorber el aroma. Pero no me animo a preguntarle qué perfume usa. Una vez le oí a Christina decir que hacer esa pregunta era de mala educación, «casi peor que preguntar por la edad».

Pasamos a su oficina, que huele riquísimo también, y me propongo renovar mi stock de fragancias a la vuelta. Oler bien siempre transmite feminidad, aunque el rico olor en los hombres también me parece terriblemente sexy.

Detrás de su escritorio, donde hay un ordenador, un teléfono y varios papeles desplegados, un estante exhibe títulos publicados por la editorial. A la derecha del ordenador hay una vela Dyptique y un marco de fotos, pero la imagen me da la espalda. ¿Cómo será el marido de una mujer así? Su aspecto es tan quintaesencialmente británico... Pero calculo que es una mujer más abierta y compleja que lo que parece a simple vista, porque, por las descripciones de Matt, él es un hombre misterioso y exótico.

—¿Quieres tomar algo, un té, un café? —me pregunta Emma mientras me invita a sentarme en su escritorio. Ambas optamos por un té. No soy de tomar té, pero estando en Inglaterra me parece que queda más sofisticado y mejor—. Bueno, Elisa, cuéntame por qué estás aquí. Matt no me adelantó demasiado.

De pronto quiero asesinarlo. Me prometió que pondría a Emma al tanto. Me da vergüenza tener que explicarle cara a cara la razón de mi visita, me siento tan patética...

—Antes que nada, gracias por recibirme. Sé que es una época caótica y debes de estar con mucho trabajo.

—Por la novia de Matt hago cualquier cosa, así que no es molestia —responde sonriendo y se le forman pequeñas arruguitas en el contorno de los ojos. Pero no le quedan mal, al contrario. Me gustan las mujeres naturales, que no temen mostrar las arrugas.

—Bueno, me da un poco de pudor contarte la razón de mi visita, pero estoy leyendo *Infortunada noche* y estoy obsesionada con el protagonista.

—¡No eres la única! Ese libro fue uno de nuestros mejores lanzamientos este año —exclama Emma, y espera a que profundice la razón de la reunión.

—Sí, la pluma de Lion es brillante. Es justo el tipo de escritor que disfruto leer. La cuestión es que me gustaría saber más de él, pero casi no he encontrado entrevistas y en ninguna revela demasiado acerca de su identidad. Desde hace meses tengo el tema en la cabeza y Matt me sugirió que hablara contigo.

Mientras hablo siento que las mejillas se me incendian. Sueno tan boba en voz alta... Mi misión de pronto se percibe tan ridícula...

—Comprendo tu interés por conocer más al autor, Elisa, pero lamentablemente no puedo ayudarte. Firmamos un acuerdo de confidencialidad que me impide revelar su identidad, ni siquiera a mis amigos más cercanos.

Me da mucha pena que hayas venido hasta aquí y no poder despejarte la duda, pero espero que me entiendas.

La voz de Emma es suave pero firme. En cambio, yo balbuceo, nerviosa:

—Es más que entendible, Emma. Te agradezco enormemente tu tiempo. Me voy, así te dejo trabajar en paz.

Me levanto para irme y, mientras me dirijo aún sonrojada hacia la puerta Emma agrega:

—Déjame tu mail, Elisa. Si el autor llega a cambiar de idea en un futuro, te prometo que serás la primera en enterarte.


*Febrero de 2017*

Hace dos días que he vuelto de Argentina y ya extraño el calor. He aprovechado para viajar a Chapadmalal con mis padres y, siguiendo los consejos de Amalia, malcriarme con pequeños placeres: comer los panes de Viena que tanto me gustan, tomar el sol, salir a caminar después de la playa cuando cae la tarde y disfrutar de largas sobremesas en familia.

Nueva York me recibe más fría que nunca, pero de todos modos siempre me gusta volver a mi apartamento, que ya siento como propio. Lo que me saca de quicio es que se acerca San Valentín y la ciudad entera está empapelada con corazones, que no son más que la evidencia patente de que estoy más sola que un perro sarnoso.

Oliver se ha tomado unos días de estudio y lo reemplaza Carol. Por un lado es mejor, Carol no está al tanto de mi situación sentimental y jamás me preguntaría al respecto. Jamás me pregunta nada, en verdad. No me habla, hoy solo se ha limitado a saludarme y avisarme de que tenía que irse a las seis. Voy a estar sola para el cierre de caja, pero prefiero eso que lidiar con su antipatía.

En la librería suena «Cheek To Cheek» en versión de Louis Armstrong, y al menos eso mejora un poco mi humor.

—Habría que mejorar la *playlist* de este lugar —comenta Carol por lo bajo mientras yo tarareo «Heaven, I'm In Heaven», a ver si de tanto repetirlo me lo creo. No le presto atención y la despido mientras entrega las compras al último cliente y se va.

Quedamos solas la librería y yo. Sus paredes de madera, su iluminación cálida y Piaf, que ahora suena desde el altavoz con «Non, je ne regrette rien». Y yo tampoco tengo arrepentimientos. Sebastian me rompió el corazón, pero por nada del mundo cambiaría todos esos meses de charla con él. Menos me arrepiento de la noche que pasamos juntos. De haber dormido aunque sea una vez entre sus brazos. De lo especial que me hizo sentir, aunque no haya durado para siempre. ¿Y qué es el «para siempre», después de todo? A veces la eternidad se condensa en un segundo. O al menos eso me enseñó el conejo de *Alicia en el País de las Maravillas* y eso mismo me hizo sentir él.

Miro a mi alrededor y sonrío. En el fondo, no todo está tan mal. Estoy acompañada por mis libros, la mayoría de los cuales no he leído aún. Amo la sensación de que me rodeen obras que todavía ni he disfrutado, y que bien son candidatas a convertirse en mi nueva lectura preferida. De esas que te llegan al alma. Esas que te hablan a ti. Que te exhortan, te emocionan. Esas que eliges de casualidad, sin poder creer que te han mirado todo este tiempo desde el estante, como esperando ser descubiertas. Cuántas obras maestras me quedan aún por disfrutar. Cuántos autores de los que aprender que están ahí, calladitos.

Porque la literatura enseña, o al menos a mí. Y aunque ese no sea su objetivo. Pero no se me ocurre una escuela de vida mejor que los grandes personajes literarios.

Desde pequeñita sigo el ritual de tomar un libro al azar y ver qué tiene que decirme. Hay gente que lo hace con la Biblia, pero el mío es un hábito laico. Aprovecho que estoy sola, cierro los ojos, doy tres vueltas para marearme y camino sin rumbo fijo, pero hacia delante. Me tropiezo con una de las mesas, obvio, y rezo a Dios para que no haya nadie viendo la escena desde la vidriera. Recorro los lomos de distintos libros, con los ojos cerrados, antes de detenerme en el elegido. *Cada siete olas*, de Daniel Glattaeur. No lo he leído. Abro una página al azar que dice: «Fue como un entierro, como si hubiéramos perdido un pariente en común. ¡Y lo perdimos! Solo que lo conocíamos por distintos nombres. Para Pamela se llamaba "confianza", para mí, "ilusión"». Sublime, Glattaeur. «Quedamos en paz, fracasamos juntos, de un modo rotundo, elegante, perfecto, sincronizado. Nos enseñamos nuestras decepciones, las amontonamos y las repartimos de manera equitativa», leo más adelante. Suficiente, me dan ganas de leer más.

Vuelvo a cerrar los ojos y esta vez mi dedo índice da

con *Hojas de hierba*, de Whitman, que en «No te detengas» regala un verso que sé de memoria: «Aunque el viento sople en contra, la poderosa obra continúa. Y tú puedes aportar una estrofa». Pero Whitman me hace recordar a Sebastian, así que cierro el libro ofuscada. Los libros a veces también pueden ser traicioneros y regalarnos frases que nos hieren o remueven heridas pasadas. No sé qué es peor.

De pronto me siento ridícula. Encerrada en esta librería pequeña, buscando consuelo en autores vetustos y páginas inertes. Quizá Amalia tenga razón. Quizá deba empezar a salir.

*Diciembre de 2018*

Después de la desilusión de mi encuentro con Emma me voy al Sam Wanamaker Playhouse, que forma parte del teatro Globe, para levantar los ánimos con una representación de *Enrique VI*. Matt no me acompaña, pero porque no lo he invitado. No estoy de ánimo. Sé que le aburren este tipo de obras. En cambio, aprovecho que estoy sola para dedicarme después a recorrer la galería Tate Modern sin culpa ni apuro.

Hoy es nuestro último día en Londres y le propongo a Matt desayunar en The Wolseley en vez de quedarnos en el hotel. Quiero aprovechar un rato más la ciudad antes de partir para Heathrow. Me responde que debe ponerse al día con sus mails, así que va a ser imposible. Voy sola entonces, para variar.

Me recibe en la mesa un camarero vestido de punta en blanco, al que le pido huevos revueltos y un cruasán. El restaurante es ruidoso, lo cual me viene bien para apagar la cabeza, aunque boicoteo mi intento de paz mental releyendo el final de la novela:

Si hubiera sabido que el tiempo entre nosotros no sería eterno, tampoco habría querido contarle al mundo mi relación con Isabel.

Para los tibetanos, la nostalgia es estar fuera del tiempo. Ellos proponen volver al ahora, pero yo no quiero volver. Yo quiero seguir allá, con ella, abrazados en mi sillón.

Uno de mis mejores sábados con Isabel fue el del 20 de octubre. Amanecimos temprano en casa y cocinamos tortitas de plátano, que estaban riquísimas, junto al humo del café recién preparado. El otoño ya pisaba fuerte en la ciudad. Abrigados, nos quedamos en la cama toda la mañana. Primero vimos mi película preferida —*Mulholland Drive*, de David Lynch— y después tres capítulos seguidos de *Seinfeld*. Hacia las dos de la tarde volvimos a tener hambre, así que bajamos a almorzar a un restaurante de mi misma manzana. Me encanta ese espacio porque todavía conserva su identidad, no como tantos otros reductos neoyorquinos que han plagado la carta de granola y tostadas con aguacate y han cambiado sus muebles llenos de historias y anécdotas por lo que indican las revistas de decoración de la semana. Y los camareros aquí todavía son de oficio.

Después de terminar mi bagel y ella sus fideos a la

boloñesa, seguimos el paseo hasta la Biblioteca Pública de Nueva York; allí una señora octogenaria con una curiosa elección de esmalte de uñas —verde esmeralda— nos indicó dónde ir a ver los muñecos que habían inspirado Winnie The Pooh. Un plan bastante turístico, si me lo preguntan, pero Isabel necesitaba ver los muñecos de cerca para un trabajo que le había encargado una editorial infantil.

Pero antes de dirigirnos a esa sección la invité a cerrar los ojos y abrir un libro al azar, ritual que tanto disfruto. Isabel sonrió ante la sugerencia, como quien la encuentra simpática pero algo cursi, y sin ofrecer resistencia me tomó de la mano y me llevó al sector de Lanzamientos. Cerró los ojos y después de deslizar el dedo sobre el lomo de un estante, frenó a la altura de *The Last Romantics* de Tara Conklin, abrió una página al azar y leyó: «Las mejores obras de poesía son las historias que contamos acerca de nosotros mismos».

—Interesante, da para pensar —comentó Isabel—. Ahora te toca a ti.

Me alejé de Lanzamientos, me dirigí hacia Ficción y después de cerrar y abrir los ojos vi que el ejemplar sobre el que había posado el dedo era *Del amor*, de Alain de Botton, que en la página elegida decía: «Al final de una relación, aquel que ya no está enamorado es quien hace los discursos tiernos».

Me quedé mudo ante la frase, intentando descifrar qué quería decirme el azar con ella. Isabel pareció notar mi incomodidad (pero ¿era posible, si todavía no se avecinaba nuestro ocaso?) y quizá por eso cambió de tema:

—¿Nunca has pensado en dedicarte a la literatura infantil? —me preguntó mientras llegábamos a dicha sección de la biblioteca.

—No, ¿por qué habría de hacerlo?

En mi pregunta había un resabio de resentimiento y lo noté apenas las palabras salieron de mi boca. ¿Acaso Isabel insinuaba que en ese ámbito yo podía llegar a tener más trabajo? ¿O más éxito? ¿Más dinero?

—Es un buen mercado. Considéralo —se limitó a responder en lo que interpreté como un afán de no engancharse en mis inseguridades.

Me vi tentado en contestarle que yo no pensaba ser como ella y aceptar trabajos que no eran acordes a mi arte solo para cobrar un cheque a fin de mes, pero me contuve. Aunque no tengo nada contra la literatura infantil, mi objetivo en ese entonces era publicar mi primera novela sin distraerme con proyectos ajenos.

Al ver cómo Isabel sonreía ante el cuarto plagado de niños, se me pasó la molestia por su sugerencia. Nunca había pensado en el día en que pudiera tener hijos porque jamás había estado enamorado y para mí los hijos son la causa natural del amor hacia una pareja, no un proyecto en sí. Pero desde que conocí a Isabel había empezado a preguntarme: ¿cómo sería ser padre junto a ella? Y hoy mi pregunta es más dolorosa: ¿qué habría pasado si no la hubiera dejado ir? ¿Habíamos sido padres juntos? ¿Seguiríamos dándonos la mano y recorriendo bibliotecas, esta vez acompañados por nuestros hijos? ¿Y con Willie con nosotros en cada aventura?

No había mucho más que ver en la sala, más que tres

o cuatro peluches que le habían arruinado la vida a Christopher Robin, pero habían alegrado las de tantas otras generaciones de niños en el mundo. Me gustaría tener una charla mano a mano con A. A. Milne y preguntarle si se arrepiente de su creación.

¿Se arrepentirá Dios de la de él?

Dice Sabato: «Dios existe; sus pesadillas son nuestra existencia». Los argentinos han rumiado bastante acerca de esto de Dios y el arrepentimiento acerca de su creación. Aunque ya Mary Shelley había atisbado algo del asunto cuando la criatura de *Frankenstein* reinterpreta *El paraíso perdido* y considera que Dios, omnipotente, está en constante lucha con los seres que ha creado. Y algo semejante sucede en *Prometeo liberado* de Shelley.

Le comenté a Isabel estas ocurrencias y ella me respondió:

—Si de ponerse filosóficos se trata, lo cierto es que el arrepentimiento es un concepto intrínsecamente ligado a la humanidad: ¿puede Dios, perfecto por definición, arrepentirse de algo?

—El arrepentimiento también implica tiempo —agrego yo—. Me arrepiento de algo que hice en el pasado. Y Dios vive fuera del tiempo.

—Salvo que hablemos de dioses entendidos a lo grecorromano, mucho más falibles y humanos que el Dios judeocristiano.

Sumidos en estas disquisiciones, de la biblioteca nos fuimos a tomar aire a Bryant Park. Una banda de jazz sonaba de fondo cuando Isabel colgó los brazos detrás de mis hombros y me besó. Hasta hoy lo recuerdo como el mejor de nuestros besos. Improvisado, espontáneo, a plena luz del día y en Bryant Park.

Leo la frase final y cierro el libro enfadada conmigo misma. «¿Qué pensabas, Elisa? ¿Que ibas a conseguir más datos del autor así como así?». Debería haberme imaginado que Emma no podría revelar la identidad de Serge Lion. «¿Y por qué te obsesiona tanto el tema? ¿Es, acaso, una excusa para no pensar en la boda?». De pronto se me escapan dos lágrimas, tímidas, pero que a la vez hacen fuerza por ver la luz. Contengo el llanto desde hace días, aunque también siento que últimamente lloro más de lo que es normal en mí. Hay algo que no me está permitiendo ser feliz. Y me fastidia no poder disfrutar de este momento, que se supone es de los mejores en la vida de una mujer.

Al salir de The Wolseley veo que está cerquita del hotel Ritz, el que le gusta a Matt. Me asomo solo para darle el gusto; jamás me ha interesado demasiado recorrer hoteles cuando estoy de viaje. Prefiero dedicar el tiempo a otro tipo de edificios. La librería Hatchards está a pocos pasos y el mapa también me señala que estoy en zona de St. James's Park, pero debería volver al hotel para hacer la maleta con tiempo. No estaba tan mal el recorrido que proponía Matt después de todo.

No le tengo confianza, eso es lo que pasa. A veces lo subestimo, pienso que es un poco «básico», adjetivo no muy amoroso para atribuir a un futuro marido. Pero tiene otras virtudes... y nos complementamos bien. Si Matt me hablara todo el día de libros, cine, música y demás, quizá me agobiaría.

Cuando llego al hotel veo que sigue en la misma posición que cuando me fui. Está con mucho trabajo, pobre, y yo que le exijo que me acompañe en mis odiseas inútiles hacia un autor fantasma. Mamá me diría que cuando quiero puedo ser muy caprichosa. Nunca me juzgué en esos términos, pero puede ser que tenga razón.

Ya camino al aeropuerto veo la lluvia caer a través de la ventana del coche y aprovecho para disfrutar de las últimas vistas de Londres. Le extiendo la mano a Matt, que me la toma unos minutos, antes de quitármela para volver a escribir en su teléfono.

Suena «I Was Made In England» en la radio, un tema que siempre me pone de buen humor. Pero esta vez el truco no funciona. El viaje a Londres ha dejado mucho que desear. No he disfrutado de la ciudad con tanto frío y en especial con tanta gente por las fiestas. A Matt casi ni lo he visto. Me he quedado con ganas de tachar más de la mitad de los elementos de mi lista y la reunión con Emma fue un fiasco.

—Elisa, me da mucha pena que Emma no haya podido ayudarte. En serio. Pero tienes que cambiar esa cara —dice Matt de repente. Como leyendo mis pensamientos.

—¿Qué cara?

—Te conozco, a mí no me engañas. Estás desilusionada, y está bien. Ambos pensamos que por fin ibas a poder resolver este enigma que te obsesiona desde hace unos meses. Pero ya está. Déjame decirte que empieza a cansarme un poco el tema y nunca he acabado de entender por qué tanto interés en la identidad de un escritor. Por favor, te pido que cuando volvamos a Nueva York cerremos el tema. Y no he oído un «gracias» ni una vez. Te he invitado a Londres y, aunque no hemos podido pasar tiempo juntos, como me hubiera gustado, tú sabías que venía por trabajo. Así son los viajes de negocios y vas a tener que acostumbrarte.

Me quedo muda ante las palabras de Matt, que no suele hablarme en esos términos. Me chocan expresiones como «te he invitado», «no he oído un gracias» o «vas a tener que acostumbrarte»: no porque no sean ciertas, sino porque denotan un deje de machismo y soberbia. Soy de rebelarme ante comentarios del estilo, pero esta vez los dejo pasar. No estoy de ánimo para peleas. Sin responderle, vuelvo a mirar la lluvia caer a través de la ventana. Matt sigue concentrado en el teléfono el resto del trayecto.


*Abril de 2017*


Este tal JP me propone encontrarnos a las ocho en un bar en Chelsea. The Ainsworth. En Estados Unidos y demás países del primer mundo no pasa como en Argentina, que en el ochenta por ciento de las citas el hombre pasa a buscar a la mujer por su casa. Bueno, al menos creo que sigue funcionando así. Pero en ciudades como Manhattan tener coche es carísimo y, además, poco práctico. ¿Dónde aparcar? ¿Cómo lidiar con el tráfico? Es mucho más fácil coger el metro o un Uber y ya.

No tenía ganas de salir hoy, pero en gran parte accedí para que Amalia deje de carcomerme la cabeza con que tengo que conocer gente nueva. Sé que tiene razón, y solo porque una cerveza un jueves por la noche tampoco es un plan tan terrible es que acepto salir con JP, amigo de un ex de Amalia al que solo he visto una vez. En su momento el encuentro fue en grupo, a los pocos meses de haberme mudado a Nueva York, en la terraza de casa. Ni me acuerdo de la cara de este JP, pero me da un poco lo mismo. Según Amalia es «relativamente buen mozo». Decidí hacer caso omiso del adverbio —pienso que la belleza está sobrevalorada y más en una primera cita, donde para el caso importan más los modales o las dotes para la conversación— y darle una oportunidad al candidato. Repito, solo porque quiero que Amalia cierre el pico de una vez y porque es jueves y quiero tomar cerveza.

No he dedicado demasiado tiempo a pensar qué ponerme antes de salir de casa. Si la cita me hubiera entusiasmado un poco más, es posible que hubiera querido esmerarme, pero en este caso opto por una opción cómoda y natural. Como soy yo. Pantalones negros, camisa y botas, con una chaqueta de cuero blanca como abrigo.

Llego a las ocho a The Ainsworth, echo un vistazo panorámico al bar y ya empiezo a deprimirme. Es un bar donde ver deportes en televisión, de esos que sirven comida americana en la que predomina el cheddar y cuyas paredes están cubiertas por enormes pantallas. En este momento emiten un partido de los Knicks y las mesas se hallan ocupadas por grupos de hombres que comen patatas fritas y están absortos en el espectáculo. No los culpo, bien por ellos, pero ¿a quién, en su sano juicio, se le ocurre que este es un buen plan para una primera cita?

—Hola, tú debes de ser Elisa. —Me tocan el hombro por detrás y me sobresalto. Odio que me toquen la espalda por sorpresa, es algo que me enerva. Ya empezamos mal.

Mi interlocutor es un hombre que parece apenas más grande que yo. ¿Cuántos años me dijo Amalia que tenía? No me puedo acordar. La descripción «es relativamente buen mozo» es acertada: JP es moreno y guapo, si bien ese no es mi estilo, con rasgos pequeños y armónicos. Aunque los labios quizá son demasiado finitos y parece más flaco que yo.

—Espero que no te moleste la elección de lugar, pero no quería perderme este partido. Si nos va bien en la cita, ¡la próxima eliges tú!

Finjo una sonrisa, pero para mis adentros pienso: «Por cómo va la cosa, dudo que haya una próxima».

—Podríamos sentarnos en la barra, así estamos más cerca...

Los comentarios de este sujeto me descolocan y me encuentro siguiéndolo sin emitir una palabra. Todavía no he dicho ni mu desde que llegué, raro en mí.

—¿Qué quieren tomar? —pregunta el barman desde el otro lado de la barra.

—Dos Cocas, por favor —responde JP, comentario que sí me enciende e interrumpo:

—¿Perdón? No quiero una Coca, gracias. Quiero una cerveza.

El barman nos mira incómodo, esperando que definamos, y dice JP:

—*Okey*, veo que eres de esas chicas que toman cerveza, ¡como quieras!

¿Qué significa ese comentario? Lo dejo pasar porque la noche acaba de empezar. Aunque podría tomar mis cosas e irme. Debería existir alguna forma más o menos educada de poder frenar una salida y sincerarse con un «Ahorrémonos el tiempo y el dinero y vámonos». Sería mejor para ambas partes. Ya inventarán alguna app a la que acudir en caso de salidas frustradas, si es que no la han inventado aún.

Mi rostro seguramente delata mi mal humor, porque JP se esmera en cambiar de tema. Pone *play* y da lugar a un monólogo acerca de sus intereses y su trabajo. De vez en cuando frena para hacerme una pregunta, pero cuando estoy en plena respuesta, me interrumpe y sigue con su discurso, en el que no escatima elogios a su persona.

El barman nos pregunta qué queremos comer y JP vuelve a osar responder por los dos. ¿Acaso alguien le ha dicho que esa es una buena táctica para aplicar en una primera cita? ¿Quién asesora a este muchacho? Cuando por fin registra que quiero pedir mi propio plato, recalcula y aclara:

—Pide lo que quieras del menú, que invito yo.

Patético. Voy a asesinar a Amalia. Él opta por una hamburguesa, y yo, por fajitas. No sé si vendrán picantes o con ajo, pero espero que sí: a ver si al menos con eso lo espanto y pide la cuenta.

Cuarenta y cinco minutos después me quedo sin sinónimos para mis «oh», «ah» y «mira tú, qué interesante». Tomo mi teléfono para mirar la hora, a ver si es señal suficiente de que estoy aburrida. Pero JP parece no acusar recibo y, en cambio, al segundo de preguntarme «¿Y tú de qué trabajas?», se concentra en la pantalla de la televisión y empieza a animar a los Knicks con sonidos guturales que me causan vergüenza ajena.

Imploro al Señor que, por favor, no haya nadie conocido en este lugar.

JP retoma la charla para explayarse en sus logros y virtudes, me comenta que su jefe lo ha ascendido y hasta llega a deslizar la cifra de su sueldo. Punto uno, no es tan impresionante. Punto dos, ¿quién le ha enseñado que fanfarronear queda bien? Punto tres, en vez de alardear, ¿no podías elegir otro sitio para salir a comer? No pido algo pretencioso, cualquier restaurante sería mejor que este.

Se nos acerca una camarera para comprobar que la comida haya llegado bien y JP le revisa el escote sin disimulo. A estas alturas no me quedan esperanzas ni motivos para prolongar la velada, pero tengo hambre y quiero terminar las fajitas, el único punto fuerte de la noche. Están ricas, debo admitir.

Cuando por fin terminamos de comer, la camarera escotada nos pregunta si queremos postre y me apresuro en responder que yo no. Prefiero guardarme la cuota de dulce para el helado que me espera en casa. Son las nueve y media, todavía estoy a tiempo de ver un capítulo de *Anatomía de Grey* antes de acostarme.

Llega la cuenta y JP me explica que la pagará él «porque no estoy de acuerdo con las feministas que se ofenden ante el gesto caballeroso de hacernos cargo de la cuenta». ¿Y qué hay de los otros gestos «caballerosos», como no ligar con la camarera delante de tu acompañante, elegir un bar donde al menos el volumen nos permita conversar y, ya que hablamos de conversar, qué hay de esa costumbre de mostrar interés ante las respuestas de tu interlocutor? JP es un caso perdido, así que no pienso contraargumentarle y acepto que pague. Si la noche ha sido un fiasco, al menos que no me cueste dinero.

Si la salida hubiera sido amena, llegada la despedida se habría generado ese momento torpe e incómodo en que me pregunto cómo saludar a mi compañero. ¿Le doy oportunidad de que me dé un beso o mejor espero a la segunda o tercera cita? Pero hoy no me aqueja ninguno de esos dilemas y esa es otra ventaja. Le agradezco a JP la cena y la cerveza, y me voy.

Cuando estoy llegando a la puerta del bar, vuelvo a sentir ese toquecito molesto en la espalda.

—Elisa, si quieres te vuelvo a llamar.

—No hace falta —respondo sin humor para fingir y sin querer dar lugar a ambigüedades.

—¡Avísame cuando llegues! —lo oigo gritarme mientras me alejo, pero no me doy la vuelta para contestarle. No veo la hora de estar frente a la pantalla de *Anatomía de Grey*.

*Enero de 2019*

Tres de la tarde y las horas no avanzan. La última vez que miré el reloj eran las tres menos cuarto y siento que ya han pasado siglos desde entonces. Cojo el teléfono, contesto dos mensajes y actualizo el *feed* de mi Instagram antes de volver a comprobar la hora, que marca las tres y diez. Esto es un calvario.

El ritmo de trabajo en enero es tranquilo, pero tengo que adelantar varios artículos, así puedo relajarme en mi visita a Argentina. Viajamos en diez días y estoy ansiosa; no sé qué pensará Matt de mi familia ni qué pensarán ellos de él. Los Mayer somos lo que podría definirse como una familia normal, si es que existe tal cosa. Somos simples, compañeros, nos reímos bastante y peleamos otro tanto. Pero el primer encuentro entre familiares y novio siempre es motivo de nervios. En todos los casos, y en especial cuando faltan solo cuatro meses para tu enlace y no hay opción para un «mmm, Elisa, no nos cae muy bien, Matt».

No puedo creer que en mayo voy a pasar a ser «la señora de Carrington». Aunque no pienso cambiarme el apellido, sé que así van a empezar a llamarme muchos, sobre todo aquí, en Estados Unidos. En Argentina voy a ser Elisa Mayer por siempre. Y a mucha honra.

Tres y veintiséis. Qué castigo, Dios. No sé si es el frío, que oscurece temprano, que tengo la cabeza en Buenos Aires o qué, pero estas últimas semanas se me han hecho especialmente tediosas. Benjamin está de vacaciones y el número de compañeros de trabajo con los que hablo se ha reducido a cero; esto tiene su encanto, porque puedo aprovechar para ponerme al día con mis listas de Spotify y leer sin que me interrumpa el mal aliento de mi jefe. Pero el silencio jamás será lo mío y me siento deprimida y aturdida en esta oficina que cada vez odio más.

Ayer, para colmo, cometí un error garrafal. Amalia estaba en una cita y Matt tenía que trabajar hasta tarde, así que aproveché la noche para empezar a ver *Érase una vez en América*. Desde hace meses estaba resistiéndome a la tentación y al final he sucumbido. No me cuesta ver por qué es la película preferida de Sebastian. La dirección es brillante; la banda sonora, magistral, y el reparto no podría ser más correcto. Pero después de una hora de película decido cortar el masoquismo y apagar la tele. Ya bastante tengo con el bovarismo de los libros para hacer también del cine campo minado.

Estaba tranquila con el tema Sebastian, sin pensar en él desde hace semanas, pero algo detonó ayer en mí y no pude controlar el impulso de ver la película. ¿Será por eso que hoy el día se me está haciendo más pesado?

Necesito un descanso de tanto artículo. Ya me he quedado sin adjetivos ni sustantivos para usar. Después de todo, hay una lista bastante limitada de términos apropiados para referirse a productos de limpieza sin caer en la ridiculez. Me niego a ser de esos redactores que dotan a limpiadores de bondades propias de los protagonistas de un soneto de Shakespeare. Me tomo un respiro de mí misma y compruebo mis mails. Recibo dos de Benjamin, que me pide que le adelante lo que ya escribí. Este hombre no se relaja, ni siquiera en vacaciones. Qué cruz. Borro mails con hilos de Pottery Barn y J. Crew, tres de Nordstrom y uno de Gap. Mi dedo avanza autómata en la eliminación de newsletters y descuentos engañosos para el consumidor, hasta que de pronto se detiene en seco.

Me ha escrito.

Emma Parker.

Asunto: R. S. V. P.

Me detengo un segundo para tomar aire y leer tranquila. No quiero eliminar el correo por error.

Querida Elisa:

Antes que nada, quiero decirte que me gustó mucho conocerte. Se nota que eres una mujer muy especial y me alegra que Matt tenga una buena compañera a su lado. ¡Se lo merece!

Tal como te prometí, quería contarte que Serge Lion, el autor de *Infortunada noche*, accedió a hacer una presentación en Estados Unidos como parte de su gira para promocionar la novela. Estás de suerte, porque va a ser en Nueva York, en una librería muy querida por él. Se llama Three Loves.

El evento será muy exclusivo y tenemos pocas plazas para invitados, pero desde ya haremos la excepción contigo. Resérvate la fecha: 20 de marzo a las siete de la tarde.

Te mando un saludo, otro para Matt y nos vemos en unos meses,

EMMA

No puedo creer mi suerte. La sonrisa no me cabe en el cuerpo y hasta me dan ganas de salir a compartir la noticia con esos compañeros con los que nunca he entablado conversación. Atolondrada, me lanzo sobre el teléfono para llamar a Matt, pero algo me detiene en el último momento. Prefiero guardarme la noticia para mí. En cambio, llamo a Oliver.

# 7

*Octubre de 2017*

—Vamos, Elisa, acompáñame a la fiesta.

Amalia está sentada al borde de mi cama y pone su mejor rostro de súplica, ese que sabe que me desarma, a lo gatito de *Shrek*. Pero ni eso me convence: no tengo ganas de salir hoy.

—Es Halloween y la fiesta va a ser increíble. No te puedes quedar encerrada. Además, estará llena de candidatos.

—Ah, ¿sí? ¿Candidatos de qué tipo? ¿Egocéntricos y maleducados, como JP? ¿Brazicortos y soberbios, como el pelirrojo cuyo nombre no quiero ni recordar? ¿O impuntuales y fumadores, como el que me presentaste la última vez? Amalia, te he dado más de una oportunidad pero es oficial: no hay hombres para mí en Nueva York.

Permanezco acostada y de brazos cruzados, quizá como símbolo de que no quiero dar el brazo a torcer.

—*Okey*, tienes razón, no hemos tenido suerte hasta

ahora. Entonces, saquemos el factor «hombres» de la ecuación. La fiesta es en el Soho, nos queda cerca. El DJ te encanta, es el mismo que tocó en esa fiesta del hotel Dream, ¿te acuerdas? No tenemos comida en la nevera y sé que el catering es bueno, he trabajado mil veces con ellos y pasa la prueba hasta de mis clientes más exigentes. Ven como compañera mía, te doy mi palabra de que no me voy a despegar de ti en toda la noche. Voy a ser tu repelente antienergúmenos. ¡Lo prometo!

La propuesta suena tentadora. A la larga Amalia siempre logra convencerme. Ni siquiera usaría la palabra «manipularme», porque no intenta camuflar sus intentos de persuasión.

—Está bien, voy. Pero con algunas condiciones —le respondo con una sonrisa.

—A ver...

—Primero, eso de que no vas a despegarte de mí tiene que ser cierto, no como pasa en el noventa por ciento de las veces, en que me pides que te acompañe a alguna fiesta y me abandonas a las primeras de cambio con el primero que se te acerca.

—Te lo prometo —me dice Amalia mientras se besa los dedos haciendo la señal de la cruz sobre la boca.

—Segunda condición. Te ocupas de mi disfraz. No tengo ninguno.

—Eso está resuelto. Yo voy como Mujer Maravilla y tú, como Catwoman.

—¡Ja! ¿Y de dónde los has sacado?

Amalia y su capacidad para tener su vestuario siempre listo para cualquier aventura.

—Vivimos en Estados Unidos, querida. Hay locales de Party City en cada manzana y Amazon Prime no me cobra envíos. En cuanto me enteré de la fiesta, no quise que la falta de disfraces fuera excusa para que no vinieras.

—Bueno. Pero me falta otra condición.

—¿Cuál?

—Te toca cocinar toda la semana que viene. Y no vale pedir comida.

—¡Maldita!

Amalia me pega un almohadonazo en la cabeza. Sé que esta última condición puede llegar a ser determinante, pero cuando terminamos de reír agrega:

—Es un trato, Elisa. Confía en mí. Me lo vas a agradecer.

Una hora después estamos maquilladas y listas para salir. Ya ha llegado el frío a Nueva York y decidimos ir a la fiesta en Uber. Nuestros disfraces están cubiertos bajo dos abrigos inmensos.

Llegamos al edificio y el vestíbulo está poblado por un desfile de personajes varios: Minions, un grupo de Pink Ladies, Campanilla, esqueletos, un surfero que no entiendo cómo lidia con el frío y demás. No cabemos todos en el ascensor, así que Amalia me pide que salgamos a fumar un cigarrillo mientras esperamos nuestro turno.

—Pensé que habías dejado de fumar —le contesto confundida.

—Sí, ahora soy solo fumadora social.

—Pero ¡eso es todo el tiempo! ¡Trabajas en eventos, embustera! —comento entre risas. Amalia está intentando dejar de fumar desde que la conozco.

Cinco minutos después agradezco que por fin apague el cigarrillo. Tengo frío, hambre y ya quiero subir a la fiesta: comer algo rico, tomarme dos tragos y tirar bomba de humo. Después de todo, eso de que Amalia se va a quedar conmigo toda la noche no me lo creo del todo.

Entramos al apartamento y noto que llamamos la atención. Y sí, era de esperar: nuestros disfraces son bastante sexis. Además, a Amalia siempre la miran. No pasa desapercibida jamás. En cambio, yo no estoy acostumbrada a que los hombres me miren en Nueva York. En Argentina tengo bastante éxito con el género masculino, pero aquí es diferente. Modelos de todas partes del mundo llegan a Manhattan en busca de fama y es imposible competir contra piernas kilométricas y mujeres que rozan el metro ochenta. Por otro lado, en Estados Unidos no pasa como en Argentina, que los hombres te gritan desde el coche, te tocan el claxon cuando esperas cruzar la calle y te silban desde las obras en construcción. Aquí no existe esa cultura del «fiu, fiu».

A los que sí les llamo la atención remarcan que les gusta mi acento. Suena exótico, dicen, lo cual no deja de sorprenderme porque yo insisto en que sueno casi norteamericana. Pero se ve que no.

En la fiesta ponen música house y funk, y de pronto me acuerdo de este DJ. Es cierto que me gusta, he llegado hace cinco minutos y ya me dan ganas de salir a bailar. Esa tiene que ser una señal positiva.

Busco dos cervezas, una para Amalia y otra para mí, y la invito a inaugurar la pista. Casi nadie baila aún, la gente todavía está llegando, deja sus abrigos y saluda al dueño de casa, a quien no conozco.

—No sé si es buena idea que seamos las primeras —me susurra Amalia al oído—. Nos hemos colado y quizá es mejor no llamar la atención.

—¡¿Qué?! ¡¿Nos hemos colado?! Te voy a matar.

—Chist, que te van a oír. No pasa nada, tengo amigos en común con el anfitrión. Es solo que prefiero empezar con perfil bajo.

Quiero acuchillar a Amalia. Me ha convencido de que viniera para divertirme y ahora no quiere que me divierta. Encuentro un sillón a la derecha de la barra y cerca de la puerta de la cocina. Decido instalarme ahí, así estoy en posición estratégica para atacar a los camareros, que están empezando a pasar las bandejas.

Amalia se sienta a mi lado.

—No te pases con la comida, Elisa, que después te sienta mal —me dice mientras se estira para tomar una pieza de sushi.

Noto que desde la otra esquina hay un tipo que me mira fijo desde que llegué. Lleva un disfraz de Bob Esponja que le cubre el cuerpo, pero su cara está a la vista. No logro distinguir demasiado desde aquí, pero me incomoda que me observe así. Finjo que no me doy cuenta y me concentro en terminar mi bebida.

Veinte minutos después, la pista ya comienza a poblarse y ahora Amalia sí me da permiso para que nos sumemos al baile. Enhorabuena.

El DJ suena cada vez mejor y mi gin-tonic empieza a hacer efecto. Hace mucho que no tomaba gin-tonics. Bob

Esponja ya no está en la misma esquina, hago un escaneo rápido por la sala y no lo encuentro.

—Amalia, estás muy guapa y tu amiga también —le comenta un vaquero mientras pasa bailando a nuestro lado.

Esto de que te piropeen de vez en cuando no está tan mal.

Dos gin-tonics después ya estoy mareada y decido dejar de beber el resto de la noche. Es increíble que Amalia aún siga conmigo, esta vez ha cumplido su palabra. Y eso que no le han faltado pretendientes. Me gira dos veces y entre risas le pido que se detenga, no quiero marearme más de lo que ya estoy. En esas, alguien me toma de las manos y le pide permiso a mi compañera para sacarme a bailar.

Es Bob Esponja. Y ahora que lo veo de cerca, no puede ser más espléndido. Incluso con ese disfraz.

Permanezco inmóvil durante unos segundos, apreciando su belleza. De pronto me percato de que debo de estar boquiabierta, qué papelón. Él ríe y me dice al oído:

—Eres la más guapa de la fiesta.

No sé qué música suena en la sala, pero Bob Esponja y yo bailamos casi abrazados y noto lo bien que huele su perfume. Me toma las manos con seguridad y me ofrece una bebida.

—No, gracias, ya he bebido suficiente por hoy.

Miro de reojo y veo a Amalia, que me hace señas con el pulgar hacia arriba. Ella ya ha encontrado pareja de baile también.

No volvemos a bailar juntas en toda la noche.

*Enero de 2019*

Llegamos al restaurante y Matt se dirige con seguridad hacia la recepcionista.

—Hola, tenemos reserva para dos a nombre de Matt Carrington.

¿La recepcionista le sonríe más de lo normal o me lo parece? En mí ni se fija.

One if by Land, Two if by Sea es considerado el restaurante más romántico del West Village —y es posible que de la ciudad entera— y no me cuesta ver el porqué. El edificio es una cochera de carruajes que data del siglo dieciocho y perteneció al exvicepresidente Aaron Burr. La luz tenue de las arañas y las velas, el fuego de leña de la chimenea y las rosas que adornan las mesas crean un ambiente íntimo, acogedor. La música del piano termina de conformar una escena perfecta.

—Vaya, Matt, te has esmerado hoy con la elección para la cena. Pero ya me pediste matrimonio, ¿te acuerdas? —le digo en broma mientras el camarero me acerca la silla para que me acomode en la mesa.

Matt sonríe brevemente antes de examinar la carta de vinos. «Seguramente tiene problemas de trabajo», pienso, y decido permanecer en silencio, que él lleve la voz cantante.

Después de pedir un cabernet sauvignon llega el primero de siete platos. Los Carrington y su manía por cenar en restaurantes con menús fijos y eternos.

—Estás callado, ¿te pasa algo? —le pregunto por fin. Era obvio que no iba a aguantarme.

—Sí, Elisa, tengo una mala noticia para darte.

No se me ocurre a qué puede referirse y los segundos antes de que prosiga se me hacen eternos.

—Soy toda oídos —lo animo a que amplíe.

—No voy a poder viajar a Argentina la semana que viene. Vienen nuestros inversores a Nueva York y tengo que quedarme para recibirlos.

—Me estás tomando el pelo, ¿no? —le pregunto por lo bajo mientras el camarero llega con el primer plato. Apuesto a que nota la tensión, porque esta vez ni nos explica en qué consiste la preparación del chef.

—Para nada, jamás bromearía con eso. Sé lo importante que es para ti que conozca a tu familia.

—¿Para mí? No es solo importante para mí, Matt. O al menos no debería serlo. Si nos vamos a casar, no puedo entender cómo no tienes ganas de...

—Sí tengo ganas, pero no es tan sencillo —me interrumpe.

—Es mucho más sencillo de lo que tú lo haces. Es cuestión de subirte a un avión, dedicarles pocos días y ya.

—Elisa, sé que tu trabajo es poco importante y no me entiendes, pero yo no puedo disponer de mi agenda así como así.

Me quedo muda ante su comentario. La ligereza con la que califica mi trabajo de insignificante. La importancia que sí se da a él.

—No te reconozco, Matt. Estás inmerso en tus asuntos hace meses. Me siento sola, estamos desconectados —lanzo sin pensar en la dimensión de mis palabras. Hace rato que no pruebo bocado.

—¿Y tú, Elisa? ¿Obsesionada con un personaje literario, con cara de culo cuando te llevo a Londres, que se supone que morías por visitar...? ¿Egoísta y caprichosa, sin entender que todo lo que trabajo lo hago por ti y por la familia que vamos a tener?

—No te mientas, Matt, que si trabajas tanto es porque te gusta. Y para dejar contentos a tus papás.

Me pongo a llorar y Matt mira incómodo hacia el camarero y el resto de las mesas. Debemos de ser los únicos de todo el restaurante que no se toman de la mano ni se miran embobados.

—No me gusta hacerte llorar, Elisa —agrega en voz baja después de unos minutos, mirando de reojo aún—. Te prometo que voy a viajar a Buenos Aires antes de que nos casemos, solo ten un poco más de paciencia.

Me sueno la nariz en una servilleta que debe de ser más cara que el sillón de mi salón y me limpio las lágrimas con la palma de la mano. Decidida, me levanto de la mesa y me voy.

De camino al apartamento, recibo un mensaje de Matt: «Te quiero. Espero que puedas perdonarme». Decido no contestarle hasta mañana. Solo tengo ganas de llegar a casa.


*Noviembre de 2017*

Resulta que Bob Esponja se llama Matt. Bailamos juntos toda la noche y, además de ser un gran bailarín, tiene una voz tremendamente sexy. Pero Amalia no se ve tan contenta con la pareja que le ha tocado en suerte y siento algo de culpa por haber traicionado mi propia condición, así que a las cuatro de la mañana le anuncio a Matt que tengo que marcharme.

—*Okey*, pero no sin darme antes tu teléfono. —Me entrega su móvil y le grabo el número con el nombre «Elisa Argentina». Qué sé yo si mañana se acordará de mi nombre de pila. Él también parece bastante alcoholizado.

Interrumpo el baile de Amalia:

—Vamos, ya estoy lista para irme.

—¿Estás loca? ¿Y Bob Esponja? —me contesta dándole la espalda a su compañero, que por suerte entiende que mi amiga no está interesada en reanudar el baile y se retira con dignidad.

—Ya he pasado suficiente tiempo con él y a ti no se te veía tan entusiasmada.

—¿Y qué importa? Una vez que te divierte un hombre que no es Sebastian lo dejas ir, eres un caso perdido.

—Ya tiene mi teléfono, así que, si quiere contactar conmigo, lo va a hacer. Vamos, que me empieza a picar este disfraz y me duelen los pies.

Me desplomo en el Uber y me quito los zapatos, que con tanto tacón me resultan incomodísimos. Estaba tan concentrada con Matt que ni lo había notado, pero me están matando.

En eso recibo un mensaje de un número desconocido: «Me ha encantado conocerte. Hablamos mañana. Que duermas bien».

Le muestro la pantalla a Amalia, que grita, excitada, y me choca los cinco.

—No ha esperado ni diez minutos para escribirte. Lo has hechizado, Elisa.

—Bueno, no sé si tanto. Veremos cómo sigue la cosa.

Aunque yo también tengo un buen pálpito con respecto a este chico, no quiero ilusionarme. Mi intuición respecto a los hombres me ha fallado más de una vez... y la última fue la más estrepitosa de todas.

Me voy a dormir borracha pero feliz. Estoy de tan buen humor que hasta encuentro energías para quitarme el maquillaje antes de irme a la cama.

A la mañana siguiente amanezco a las diez. Jamás he logrado dormir hasta tarde, incluso si tomé alcohol la noche anterior, es una capacidad que perdí al cruzar esa frontera llamada los veinticinco.

Me obligo a remolonear en la cama hasta que me llega un mensaje de Matt: «¿Duermes?». Dejo pasar diez minutos prudenciales (no soy una histérica, pero tampoco quiero quedar tan desesperada o enganchada al teléfono) y respondo: «No».

«Espectacular. ¿Te busco en media hora y tomamos un brunch?». Salgo disparada hacia el baño para ver con qué cara he despertado. Mmm, no estoy tan hinchada, podría estar peor. «*Okey*», le contesto con mi dirección y enfilo hacia la ducha.

Seis minutos después —siempre fui rápida en el baño, no entiendo esa manía de las mujeres que tardan siglos— ya me estoy untando mi crema preferida de coco y repasando atuendos mentalmente. Ayer Matt me vio vestida de Catwoman; hoy puedo darme el lujo de vestirme casual. Opto por unos tejanos con el que me siento muy cómoda, mis Superga blancas, una camiseta sin mangas y un suéter abrigado y bastante holgado, color azul marino. Amalia siempre dice que resalta mis colores. Ella sí logra dormir hasta tarde y no quiero despertarla para preguntarle si aprueba mi atuendo. En cambio, aprovecho los minutos que me quedan antes de que llegue Matt para lavarme los dientes, perfumarme y maquillarme con corrector de ojeras, colorete y un poco de máscara de pestañas. Menos es más.

A los treinta minutos del primer mensaje de Matt me llega otro: «Te espero abajo». Pero salgo del edificio y no lo veo por ningún lado. ¿Dónde está?

De pronto se me acerca un coche negro con cristales tintados, baja la ventanilla y aparece el rostro de Matt, que me sonríe antes de bajarse para invitarme a subir.

—Elisa, te presento a Raúl —me dice mientras me siento, un poco incómoda con la situación. ¿Chófer? ¿De verdad? ¿Quién tiene coche en Manhattan y encima con chófer? El restaurante queda a solo cinco minutos de casa, ¿hacía falta venir en coche?

Decido disimular mi sorpresa y sonrío cuando veo que entramos a Bubby's, uno de mis preferidos para el brunch. El espacio es pequeño y al ser domingo está lleno, pero la camarera parece conocer a Matt y nos señala la única mesa libre, al fondo a la derecha.

—Me encanta Bubby's, buena elección —le digo a Matt con un guiño aprobatorio mientras nos sentamos.

—Y yo amo lo guapa que estás por la mañana.

Me sonrojo ante su comentario. Me descoloca, porque no soy buena recibiendo elogios y nunca nadie me había dicho que sea guapa por la mañana. No me animo a responder lo que en verdad pienso: «Tú también». Ahora que puedo verlo mejor, observo que es más buen mozo de lo que recordaba, con los ojos marrones achinados y esa sonrisa reluciente y perfecta. Su pelo moreno está levemente mojado posducha, lo que lo hace más sexy aún.

—Eres parecido a... —Me quedo en silencio pensando la respuesta hasta que al final me viene el nombre a la mente—: Josh Hartnett.

—Ja, ¡sigues borracha de anoche! —responde entre risas y me invita a que le conteste yo primero a la camarera qué quiero beber.

Entre huevos revueltos, *waffles* con frutos rojos y altas dosis de café, tenemos nuestra primera cita oficial. Conversamos de todo un poco; de nuestras familias, nuestros gustos, nuestros trabajos. Le cuento a Matt la historia de cómo decidí mudarme a Nueva York y en plena charla soy consciente de lo cómoda que me siento con él. No me intimida, y eso que me mira fijo y asiente mientras hablo, como si quisiera absorber cada una de mis palabras y mis gestos.

Después de pagar la cuenta en Bubby's Matt me pregunta dónde quiero seguir el paseo. El día está precioso, fresco pero agradable, con ese sol de otoño que brinda la dosis justa de calor. Le propongo que tomemos otro cafecito en Bryant Park. Matt aprueba mi elección y le sugiero entonces algo más:

—¿Y si le damos la tarde libre a Raúl y vamos caminando o en metro?

Ante mi propuesta Matt no se ve muy convencido, pero después de unos segundos accede.

Caminamos hasta la calle Chambers, donde tomamos la línea 2 a Times Square y la 42. Mientras subimos las escaleras del metro, Matt me frena y me da un beso en la boca. Corto, dulce, que me deja con ganas de más. Me toma de la mano y no me la suelta durante el resto de la tarde.

*Febrero de 2019*

—Vamos, Elisa. Te casas dentro de tres meses. Tenemos que resolver el tema del vestido, y hay que resolverlo ya.

Es sábado, son las once de la mañana y yo sigo en la cama. Amalia intenta convencerme desde hace una semana para que vayamos a ver vestidos juntas. Entiendo que el plan debería entusiasmarme, pero por algún motivo no puedo enfrentarme a él.

Sigo dolida con Matt. Me duele que no haya viajado a Argentina aún. Y sé que Amalia tiene la mejor de las intenciones para ayudarme, pero no es lo mismo que la ayuda de mamá: quiero que ella esté aquí. El problema es que el dólar está imposible para los argentinos y en este momento mis padres no pueden pagar dos viajes en un año a Estados Unidos. Vienen ahora o vienen para la boda; y está claro qué importa más. Matt se ofreció para pagarles el pasaje. Yo me niego. No quiero ponérselo tan fácil. Y yo también podría ayudarlos, aunque papá es muy testarudo y no lo aceptaría. Gracias al teléfono y las redes sociales los siento relativamente cerca; hablamos a menudo y me ayudan en lo que pueden. Los conozco y sé que siguen molestos después de que cancelara nuestro último viaje a Buenos Aires. Matt me promete que va a viajar antes de mayo. Ya estamos en febrero y su «agenda» sigue sin liberarse.

—Perdón, Amalia, te juro que no estoy de humor. Además, hasta que no se defina dónde va a ser el enlace, no tiene sentido elegir el vestido. No sé mucho del tema, pero algo me dice que la ubicación importa, ¿o no?

—Sí, claro que sí. Pero ya que no estás avanzando en ninguno de los otros puntos, pensé que al menos podíamos definir un elemento de la lista eterna que te queda por resolver. ¿Seguís sin definir el lugar?

—Sí, anoche me llamó Matt superentusiasmado para proponerme que nos casemos en Palm Beach. Parece que hay un hotel increíble que se llama The Breakers; en mayo la temperatura todavía no es sofocante, etcétera. Pero no me cuadra la idea de casarme en un hotel. Me gustaría algo más especial. Más auténtico. Menos ostentoso, más yo.

—Entiendo. Conozco The Breakers; es imponente, pero no creo que sea tu estilo —me dice Amalia con la voz suave y delicada, lo que no es para nada característico en ella. Es como si estuviera dándome el pésame cuando deberíamos estar celebrando que voy a casarme.

—El único punto en el que Matt tiene razón es que para mis invitados de Argentina está más cerca y es más económico viajar a Florida que a Nueva York. Pero ayer me llamó después de cenar con sus padres; es obvio que The Breakers lo eligió Christina, y no quiero darle el gusto.

—En eso estás siendo peleona y testaruda. Si la idea es buena, no importa de quién haya sido. Además, por lo que tengo entendido, Christina se está portando bastante bien.

—Sí, está increíblemente respetuosa en su lugar como suegra. Yo no sé si Matt la tiene atada de una correa o si está tan poco entusiasmada por el enlace que hasta se le han ido las ganas de organizar, ¡ja! —Me río sardónicamente y Amalia me mira con esos ojos de lástima que están empezando a incomodarme.

—Bueno, si puedo ayudar en algo, me avisas. Tampoco quiero invadirte. Solo me preocupa... —Amalia corta la frase en seco y es como si se arrepintiera de haber hablado.

—¿Qué te preocupa?

—Nada, no importa.

Le insisto para que termine la oración.

—Me preocupa que todo este bloqueo para organizar la boda tenga que ver con Sebastian —me dice Amalia sin mirarme a los ojos.

—Quédate tranquila, no es por eso. No te voy a mentir: muchas veces me he preguntado qué habría pasado si... Pero ya me he quitado el tema de la cabeza. Es más, ahora que ha pasado todo este tiempo desde aquel final de lo que nunca empezó, me siento hasta un poco patética.

—¿Patética? ¿Por qué?

—Porque sí, Amalia. Mi relación con Sebastian fue

nula, el vínculo existió solo en mi cabeza. A la larga, demostró ser uno más; un hombre que corteja una mujer y le dice lo que quiere escuchar. Un sinvergüenza que solo quiere metérsele entre las piernas. Ya pasé el duelo. Ya cerré mi historia con Sebastian. Con Matt estoy contenta. Conforme.

—¿Conforme? ¿Esa es la emoción que se te ocurre decirme que sientes ante tu futuro marido?

Ahora Amalia sí me mira a los ojos. Sé que le cuesta plantearme esta pregunta, pero yo tengo bien clara la respuesta.

—Sí, Amalia, y conforme está muy bien. Cuando te hieren tanto no quieres volver a sufrir. Con mucho amor viene la posibilidad de mucho dolor, y yo ya me he cansado de sufrir. Quiero seguridad. Estabilidad. La adrenalina está sobrevalorada, Amalia. Plantéatelo.

—¿Qué me quieres decir? ¿Que debería hacer como tú y «conformarme» en vez de seguir soltera y saliendo con toda la ciudad?

—No, no estaba hablando de ti, hablaba de mí y de...

—Me parece que no terminas de creer realmente lo que me estás diciendo —me interrumpe Amalia, y por primera vez desde que la conozco veo desilusión en sus ojos—. Voy a hacer como que no te he oído, solo porque estás triste y echas de menos a tus padres. Sigue viendo *Anatomía de Grey*, Elisa, pero es sábado y yo prefiero salir de casa.

*Marzo de 2019*

¿Qué se lleva para la presentación de una novela? Organizamos varias cuando trabajaba en Three Loves, pero de pronto tengo la mente en blanco. Está claro que las librerías no requieren ninguna etiqueta en especial, pero no quiero pecar de ridícula o ir demasiado arreglada; a la vez, los atuendos de mi época de librera eran el otro extremo, priorizaba siempre la comodidad y el perfil bajo. Pero desde que estoy con Matt he cambiado un poco mi forma de vestir. Aunque me cueste admitirlo, las invitaciones constantes a restaurantes caros y a cenas de trabajo me obligaron a invertir en ropa «de adulta», como la defino yo: menos zapatillas y más sandalias con tacón, menos sudaderas y más blazers. Sumé vestidos y *palazzos*, y ahora no logro encontrar unos solos tejanos de mi ropero que sean presentables. Me cuesta pensar qué hubiera usado la Elisa de ese entonces; últimamente me siento tan lejos de ella... Pero no quiero que la nueva Elisa vaya hoy a Three Loves, me sentiría rara ante mis excompañeros. Quiero reconectarme con la Elisa que supe ser, al menos por hoy.

Después de tres cambios de vestuario por fin me decido por un pantalón negro, ceñido, de H&M. No es demasiado de vestir, pero al ser negro es un buen básico para una presentación. Le sumo un suéter de cuello alto, ceñido al cuerpo; a Matt le encanta cómo me queda. ¿Cuenta como traición si lo uso una noche en que no lo voy a ver? Bah, Elisa, tampoco seas paranoica. El abrigo Burberry que me regaló Christina me mira desde el perchero, pero no pienso usarlo. Siempre he sido bastante supersticiosa con respecto a la indumentaria: me trajo tanta mala suerte en mi reunión con Emma que desde entonces apenas me lo he puesto. Aunque, ahora que lo pienso bien, tampoco fue tan mala la suerte que me trajo. Después de todo aquí estoy, preparándome para por fin ponerle cara a «Serge Lion».

Hace frío y no tengo nada más cálido que ese abrigo. Y me gusta, de vez en cuando, desafiar mi propia superstición, así que no se diga más. Lo voy a usar.

Falta media hora para la presentación, pero no quiero ser la primera en llegar, por lo que debería hacer tiempo. Para aplacar los nervios quizá es mejor ir caminando a Three Loves. Con eso debería cubrir los treinta minutos que quedan para las siete.

Camino dos manzanas antes de darme cuenta de que me he olvidado la vela que le compré a Emma en agradecimiento por haberme invitado. Como recordaba que en su escritorio tenía una de la marca Dyptique, le compré mi aroma preferido: «Figuier / Fig Tree».

Subo rápido los tres pisos hasta mi apartamento para buscarla rápido, sin esperar el ascensor. ¿Cómo no la vi, si estaba en la cómoda de la entrada? Eso me pasa por ser tan atolondrada.

Bajo las escaleras más rápido de lo que las he subido, pero con cuidado de no tropezarme, y vuelvo a salir. A las cuatro manzanas cuestiono mi decisión de ir a pie. Nueva York está congelada. Un Starbucks asoma cual oasis cien metros más adelante y decido parar a por un *chai latte*, así hago un poquito más de tiempo y de paso entro en calor.

Una señora mayor delante de mí en la cola tarda siglos en decidir qué quiere. Confunde al vendedor con el tamaño de la bebida, cambia la leche desnatada por la leche de soja antes de optar por leche entera, y después de pedir que el café sea sin azúcar, vuelve a cambiar de opinión. Seguramente sea por la ansiedad, pero esta mujer me está sacando de quicio. Estoy más impaciente que nunca y el clac, clac de mis botas me delata. Cuando se da la vuelta para pedirme perdón por tardar, no me sale mejor reacción que devolverle un rostro serio y poco sonriente.

—Hola, quiero un *chai latte*, por favor. Grande, caliente, con leche de soja y...

En eso, la señora se desploma. Cae desmayada y no llego a sujetarla a tiempo, su cabeza golpea fuerte contra el suelo y grito: «¡Llamen al 911!». El local está casi vacío y ninguno de los allí presentes sabe cómo manejar la situación. Me toca hacerme cargo. Con los dedos compruebo que la mujer tiene pulso, ¿le habrá bajado la presión? ¿Para qué demonios hice el curso de primeros auxilios si no logro recordar ni uno solo de los apuntes? Comienzo a darle aire con servilletas mientras los empleados me miran petrificados desde el otro lado de la barra. A los pocos minutos, que más bien parecen horas, llegan los médicos, justo cuando la señora abre los ojos y vuelve en sí.

—Disculpen por el susto, debo de haberme mareado. A veces me pasa, no hace falta tanto alboroto, es normal... —dice la señora mientras le toman la presión y la examinan para asegurarse de que esté todo bien.

El barista me entrega mi *chai latte* y me dice por lo bajo:

—Invita la casa, gracias por tu ayuda.

Pero no siento ganas de tomar mi *chai*. Sigo asustada, nunca había presenciado un desmayo, y menos de una mujer desconocida y mayor en un Starbucks de Tribeca. De pronto, siento la necesidad de sentarme y tomar aire yo también.

Cuando se va la ambulancia, la señora se sienta conmigo en la mesa y me da las gracias.

—No estoy pasando un buen momento, querida, ando con mucho estrés. Problemas de dinero, y mi hijo va a casarse con una mujer a la que no ama. Pero tú eres muy guapa, quizá si te conociera lo ayudarías a cambiar de opinión. Es dentista, le va muy bien. Ah, por cierto, me llamo Judy —me dice estrechándome la mano.

—Gracias por el elogio, Judy, pero yo también voy a casarme.

—Oh, ¡felicidades! Perdón, como no llevas anillo no me percaté. ¿Y no tendrás alguna amiga que...?

—Tengo varias, pero quizá es mejor confiar en las decisiones de su hijo y no estresarse. Debe de ser un hombre inteligente.

—Sí, es muy inteligente, pero ese es el problema, querida. A veces las personas más inteligentes para algunas cosas son las más necias para temas del corazón. Yo no fui a la universidad, casi no leo y de casualidad terminé el colegio, pero te aseguro que cuando veo un par de ojos enamorados sé reconocerlos. Y elegí al mejor marido del mundo, lo cual, querida, es el secreto para la felicidad.

Le sonrío a Judy, que resulta ser una mujer cálida y me recuerda a Chicha, la abuela de mi mejor amiga de la infancia.

—Se nota que eres muy amorosa, Judy. Cuídate. Y confía en tu hijo. No vale la pena pasar tus últimos años de vida desvaneciéndote en cafés. Me quedaría horas charlando contigo, pero llego tarde a una presentación.

—Muchas gracias, querida, y suerte en tu boda. Espero que tus ojos sí estén enamorados. La vida es muy larga, pero a veces termina antes de lo que pensamos y no vale la pena vivirla si somos poco entusiastas. Hay que vivir como si fuera el último día, pero con responsabilidad.

Sigo camino a Three Loves y decido que no puedo lidiar ahora con los mensajes de vida de Judy. Reflexionaré sobre ellos en otro momento. El reloj me indica que voy a llegar veinte minutos tarde. Acelero el paso, pero está claro que no estoy en forma y tres manzanas después tengo que parar a tomar aire. Compruebo a cuánto está el Uber más cercano: ocho minutos. Una eternidad. Intento pedir un taxi, pero parece que todo el barrio ha tenido la misma idea. A seguir caminando, pues.

A solo cinco manzanas de Three Loves opto por correr. Justo cuando el bazo me implora «¡Basta!», asoma la librería en esa esquina tan bella y que tantas alegrías me dio. De noche, iluminada, está más bonita que nunca.

Desde fuera veo que la sala está llena. Palpo el bolso para volver a asegurarme de que la vela esté allí. Reconozco la espalda de Oliver contra la ventana, al fondo de la librería, y a Emma a su derecha. Parece que la presentación ya ha empezado. ¿Desde cuándo una presentación empieza tan puntual? No quiero que Emma me vea entrar tarde, así que intento pasar desapercibida. Abro la puerta con cuidado, sin hacer ruido, y cuando por fin logro escabullirme en la sala lo que veo me deja petrificada.

¿Qué hace Sebastian sentado de cara al público?

¿Con un micrófono en la mesa y un vaso de agua a la derecha?

¿Por qué asiente ante la pregunta que hace el hombre con gafas?

Y, de pronto todo cuadra y me siento una estúpida.

El escritor es Sebastian.

# 8

Sebastian corta la respuesta en seco cuando me ve. El público no entiende bien a qué se debe su silencio, que se nota incómodo y forzado, como el de un actor amateur que se olvidó del guion. Sin quitarme los ojos de encima, Sebastian me regala un esbozo de sonrisa, pero yo no se la puedo devolver. No se la quiero devolver. A los pocos segundos reanuda su discurso acerca de qué autores lo inspiran. Pido permiso para llegar hacia la puerta; la abro, esta vez sin que me importe el ruido, y me voy.

Salgo de la librería corriendo, sin querer mirar hacia atrás. Veo que un taxi se asoma en la manzana siguiente y lo llamo con señas. Se detiene, me subo y le doy la dirección de casa. Había quedado con Matt en que cenaríamos después de la presentación, pero no hay forma de que eso suceda. Cancelo con una excusa barata a través de un mensaje y cuando por fin me permito asimilar mis sentimientos por lo que acabo de ver, me largo a llorar.

¿Sebastian? ¿Todo este tiempo el escritor era él? Me da rabia no haberme dado cuenta antes. Me da rabia haber caído en sus garras de nuevo y que todo lo que sentí mientras leía a los personajes de Serge Lion me lo haya causado él. Me da rabia que no esté muerto o que no sea cierta alguna de las hipótesis de Amalia, que lo invalidaban para contactar conmigo. Me da rabia que, a dos meses de casarme, siga teniendo tanto poder sobre mí.

A los diez minutos llego a casa, subo las escaleras para no toparme a nadie en el ascensor y cuando entro al apartamento, voy directo hacia mi cuarto, rezando para que Amalia no haya vuelto del trabajo aún. Tengo ganas de estar sola. Estoy confundida, mareada. Apenas son las ocho de la noche, pero lo mejor que se me ocurre es dormir.

*Febrero de 2019*

Agitada, llego hasta el hotel Plaza, donde un botones me abre las puertas y me invita a pasar. Me dirijo hacia el Champagne Bar. Christina no me aclaró dónde sería nuestro encuentro, pero todos nuestros encuentros en el Plaza son en el Champagne Bar.

Entro en la lujosa sala coronada por arañas de cristal y ahí la veo, impoluta, sentada a la mesa de siempre. El salón está ambientado en tonos crema y beis que conforman la paleta perfecta para armonizar con su atuendo. Apuesto a que lo ha elegido a propósito.

—Hola, Elisa, gracias por venir.

Mi suegra me saluda con una sonrisa que no logro descifrar si es falsa o qué. Le devuelvo el gesto y le agradezco que me haya ofrecido su ayuda con la organización del enlace. «Suegra». Hasta la palabra suena horrenda. Y dicen que «nuera» viene de «no-era-para-mi-hijo», peor aún.

En todos estos meses Christina casi ni se ha entrometido en los preparativos, lo que me parece extrañísimo.

—Ya falta menos y me pareció importante que ahora sí nos juntáramos, a ver si puedo ayudarlos en algo. Sé que tu madre está lejos y que mi hijo vive enterrado en trabajo, pero quiero que sepas que cuentas conmigo para lo que haga falta.

¿Qué? ¿He oído bien? ¿Esa ha sido mi suegra siendo empática y cariñosa? El camarero interrumpe su discurso con la carta, pero Christina le aclara que no hace falta que la miremos.

—Una copa de champán para mí, por favor, un plato de quesos para la mesa y una porción de caviar.

Christina indica con la cabeza que es mi turno para pedir. No soy de tomar alcohol a las doce del mediodía, pero apuesto que le va a sentar mal si me pido un zumo, así que me sumo al champán yo también.

—Volviendo al tema —dice mientras acerca su silla a la mía—, aquí estoy para colaborar. Sé que no siempre coincidimos en nuestros gustos y preferencias, pero confía en mí, Elisa; tengo experiencia en esto de organizar eventos sociales. Y he tenido una idea bárbara. Ya que no habéis terminado de confirmar dónde va a ser la fiesta, ¿qué tal el hotel The Breakers, en Palm Beach?

Ja. En efecto, la idea de Palm Beach no había sido de Matt.

—Ya que nos estamos sincerando —me oigo a mí misma responder—, me molesta un poco que nos refiramos a la boda como si fuera un «evento social». Yo no lo veo así. Es el día en que voy a casarme con tu hijo y quiero que sea íntimo, especial. Christina, te agradezco mucho la ayuda, pero no necesitamos demasiado. Y me parece que The Breakers es mucho más ostentoso de lo que queríamos para la boda.

—¿Queríamos? ¿Mi hijo está de acuerdo con eso? —pregunta Christina después de aclararse la garganta.

—Sí, claro. Lo hablamos desde el día uno.

—Me sorprende. No es característico de él. A Matt le gusta hacer las cosas a lo grande y sé que ama Palm Beach. Ten cuidado, Elisa. No vaya a ser que quiera complacerte con esto ahora, pero te lo reproche después.

«¿Ten cuidado?». ¿Me está amenazando? ¿O dando consejos de vida? ¿Justo ella?

—Agradezco tus consejos sobre la pareja, Christina, pero si hay algo que tu hijo y yo tenemos es diálogo. Ya hablamos sobre esto y estamos en la misma sintonía.

—Mmm, ¿diálogo? Bueno, si tú lo dices... —Christina me responde por lo bajo, pero llego a oírla a la perfección, lo que, está claro, era su objetivo.

—Christina, si vamos a ser familia, de ahora en adelante te pido que dejes de hacer comentarios pasivo-agresivos, al menos conmigo; prefiero que me hables de frente.

A estas alturas, sé que estoy roja, porque me arden las mejillas, el corazón me late tan fuerte que se me va a salir del pecho y me tiembla un poco la voz, pero no me importa. Estoy convencida de que esta es mi oportunidad para cortar con la falsedad y la tensión que hay en todos los cuartos donde Christina pone el pie.

—¿Qué quieres decir con que a Matt y a mí nos falta diálogo?

—Bueno, si quieres sinceridad, la vas a tener. Mi hijo te queda enorme, Elisa. No sé qué harás con él para tenerlo tan embobado, pero llegará el día en que se dé cuenta de que eres poco para él. No sé si se casa contigo para darte el permiso de residencia o algo así, pero todas estas prisas con la boda, todo este pudor por que no sea ostentosa y este afán por mantenernos a Bob y a mí fuera de la organización me parecen un disparate.

Me sorprende oírla en estos términos, tan desatada. Christina, que siempre es tan comedida, que aplica el filtro ante todo y todos.

—La que no tiene diálogo con tu hijo eres tú. Si lo tuvieras, sabrías que nací en Estados Unidos, así que no necesito tu permiso de residencia, tus bodas ostentosas ni tu caviar. Es cierto que Matt es muy especial. Por eso me caso con él. Pero no me conoces, nunca te has tomado el tiempo de conocerme. Yo también valgo la pena.

Christina me mira sorprendida ante mis palabras, pero yo sigo con mi discurso:

—Me da mucha pena que no nos llevemos bien. Nada me gustaría más que sentir a la familia de Matt como propia, sobre todo estando tan lejos de Argentina. Pero desde que nos conocimos no has hecho más que alejarme. Espero que algún día te des cuenta de lo que te pierdes.

A Christina se le llenan los ojos de lágrimas y me desarma su reacción. No la esperaba. Nos quedamos mudas unos minutos y de pronto me veo tomándola de la mano. ¿Por qué llora? ¿Qué le ha puesto el camarero en el champán?

—Perdón, Elisa, no soy de expresar mis sentimientos en público. Perdóname, por favor —me dice entre sollozos y mirando de reojo hacia los lados para asegurarse de que ninguna otra mesa está al tanto de su exabrupto—. Matt es mi único hijo y quiero lo mejor para él. Yo no dudo que esté enamorado. De la que dudo es de ti. No te veo entusiasmada por la boda y no creo que sea solo porque tu mamá no está aquí. Cuando una mujer está enamorada, a punto de casarse con el hombre de su vida, todo lo demás es anecdótico. Faltan tres meses para la boda y no tienes vestido, no has concretado el lugar, no aceptas nuestra invitación para pagarles un pasaje a tus padres. Sé que tengo muchos defectos, pero créeme que, si hay algo que no soy, es estúpida. ¿Qué te pasa, Elisa? ¿Estás segura de que quieres casarte con Matt?

Tardo unos segundos más de los que hubieran sido aconsejables antes de responder y entonces aparece Matt. Un silencio invade la mesa mientras él nos mira, serio, a las dos.


*Marzo de 2019*


Amanezco a las seis de la mañana y no logro volver a conciliar el sueño; no solo porque anoche me acosté temprano, sino porque mi cabeza va a diez mil. Miro de reojo el teléfono y veo que me explota con mensajes de Oliver, Amalia y Matt, que quiere saber si me siento mejor. Me invade la culpa por haberle mentido.

Desde la mesilla me observa la novela de Serge o, mejor dicho, de Sebastian. La miro durante menos de cinco segundos antes de decidir tirarla al cubo de basura.

Cierra todo: Serge Lion es un juego con «Sergio Leone», el director de *Érase una vez en América*. ¿Cómo no lo sospeché antes? Me siento tan estúpida... Si esto hubiera pasado en una película, apuesto a que el espectador sí se habría percatado de la identidad del escritor desde el principio.

No sé qué hacer, si ir a la oficina o inventar alguna excusa que decirle a Benjamin para quedarme en la cama. Una parte mía quiere estar sola y torturarse con lo que presenció anoche, pero mi lado más sabio aparece a tiempo para reconocer que de nada sirve mortificarme encerrada en este cuarto. Quizá lo mejor sea ir a trabajar y ver si así logro pasar las horas más tranquila. Me llega un nuevo mensaje de Matt: «Después del trabajo paso a visitarte». ¿Qué hace despierto tan temprano? Es probable que esté yendo a entrenar.

Yo podría hacer lo mismo. Tengo que oxigenar la cabeza con urgencia. Hace como dos semanas que no voy al gimnasio. Me apunto en mi clase de *barre* a través de la app y preparo un bolso para ducharme después.

La clase logra tranquilizarme un poco, pero no del todo. Falta una hora para que abra la oficina, así que me tomo mi tiempo para ducharme, ponerme crema y vestirme con lo que he bautizado como «mi atuendo para el buen humor»: un suéter amplio y cómodo que uso con pantalones holgados también, prendas ideales para esos días en que más bien me hubiera quedado arropada en la cama.

Entre caminata y metro tengo media hora hasta la oficina. Mientras camino hacia el edificio aprovecho para responder algunos de los mensajes, en especial los de Matt. Con Amalia hablaré después. Tengo tres llamadas perdidas de Oliver, pero tampoco puedo lidiar con él ahora.

—Hola, Elisa. —Me sorprende una voz masculina y conocida por detrás.

Es Sebastian.

Y esta vez no puedo dar la vuelta y huir.

—Hola —le respondo sin querer sonar resentida, pero tampoco fingiendo que no pasara nada. De pronto me percato de lo mal vestida que estoy y maldigo a la ley de Murphy por haber elegido el «atuendo para el buen humor».

—Te fuiste rapidísimo ayer, no llegué a saludarte.

—Me sorprendió ver que fueras tú el escritor. No sabía que estabas escribiendo.

—Elisa, en los últimos tiempos pasaron muchas cosas que no sabes. ¿Me aceptas un café? Café Lalo está muy cerca.

Ja, ¿y se atreve a invitarme a Café Lalo? ¿Qué pretende con esa jugada, removerme los buenos recuerdos, apelar a la nostalgia o qué? Lo miro con expresión descreída y Sebastian ríe, como leyendo mis pensamientos.

—Solo te pido media hora. Por favor.

Sé que no debería darle ni siquiera diez minutos. Pero a la vez necesito cerrar esta historia.

Le propongo, en cambio, ir a The Smith. Caminamos dos manzanas hasta el restaurante, que siendo día laborable no está tan lleno. Nos sentamos a una mesa en el fondo del salón y Sebastian le pide al camarero unos minutos antes de hacerle el pedido.

Bien, al menos en eso coincidimos. Este no es un encuentro para compartir tostada con aguacate y café. Quiero escuchar lo que tenga que escuchar e irme.

— Antes que nada, cuéntame una cosa. ¿Cómo sabes dónde trabajo? —le pregunto a Sebastian, que me mira fijo, con una expresión entre seria y tierna, si tal cosa es posible.

—Me lo dijo Oliver ayer.

—Ja, con razón me había llamado tantas veces. Bueno, ahora que he descifrado ese misterio, cuéntame por qué estás aquí. —Miro mi reloj como para recalcar que este será un encuentro exprés.

—Porque te echo de menos. Porque no pasa ni un día en que no piense en ti. Porque...

—¿Me estás tomando el pelo? ¿Desapareces así como así y ahora tienes el morro de...?

—Sí, Elisa, desaparecí después de que estuviéramos juntos, pero después fui a verte a la librería y no estabas. En todo caso, soy yo el que podría estar ofendido; te dejé una carta y tú...

—Vale, Sebastian, somos mayores. Hazte cargo de tus decisiones y no mientas... —lo interrumpo exasperada ante sus mentiras.

—No miento, Elisa, pregúntale a Oliver si no me crees. Fui a verte en enero cuando volví de California y estabas en Argentina. Le dejé una nota escrita para ti.

¿Oliver tenía una nota para mí de Sebastian y nunca me avisó...? ¿Con todo lo que lloré? ¿Después de todas esas noches devanándome los sesos para descubrir por qué había desaparecido?

—Está claro que Oliver no te dio la nota. Ya me parecía raro que no hubieras respondido. Te juro que es verdad, si quieres lo llamamos ahora mismo.

—Te creo, Sebastian, con Oliver hablaré yo después. Pero eso no quita que te esfumaras todo diciembre y que...

—Se mató mi padre, Elisa —me interrumpe Sebastian sin mirarme a los ojos.

—¿Qué?

—Créeme que jamás mentiría sobre algo así. El día después de que estuviéramos juntos, llego al trabajo y recibo una llamada de mi madrastra, desesperada, para decirme que papá se había suicidado. Fue una pesadilla, Elisa. Viajé ese mismo día a California para estar con ella y mis hermanitos. Papá sufría depresión y nadie lo sabía. Además, nos enteramos de que tenía deudas millonarias. Tuve que hacerme cargo de todo ese lío, sin contar con que tuve que pasar el duelo mostrándome fuerte ante Ian y Paul mientras intentaba comprender por qué.

No emito palabra mientras Sebastian habla, solo le acerco la mano, que él toma, sin mirarme a los ojos. Logro ver que los tiene llenos de lágrimas.

—Nada justifica mi desaparición, pero estuve roto. Estoy roto todavía y no podía darte lo que te mereces. Tuve que enfrentar primero mi dolor, ponerme la familia al hombro, limpiar el desastre que dejó papá.

Dejo pasar unos segundos antes de responder:

—Sebastian, lamento mucho todo lo que me cuentas. No puedo ni imaginarme la tristeza que habrás sentido. Nada me hubiera gustado más que acompañarte, me hubiera gustado que me hicieras partícipe de tu dolor, pero ahora...

—No es tan fácil, Elisa, nos tomó a todos por sorpresa, y el suicidio causa destrozos que van mucho más allá de lo que puedes imaginar. De pronto tuve que replantearme toda mi vida, todo lo que siempre creí de mi padre, sin contar el esfuerzo que me está costando remontar la empresa y...

—Sebastian, te entiendo. Pero yo seguí adelante. Te lloré muchos meses y ahora he avanzado. Gracias por haber venido a aclararme las cosas, pero ya es tarde para querer sumarme a tu vida.

—¿Has avanzado? ¿En qué sentido? ¿Estás saliendo con alguien?

No me sale decirle que voy a casarme dentro de dos meses. En cambio, contesto:

—Digamos que he avanzado en todos los aspectos, Sebastian. El estado de mi vida me pertenece a mí.

—Está bien, no me cuentes si no quieres. Solo quiero pedirte perdón y que me respondas una cosa.

—Mi perdón lo tienes. No te guardo rencor. ¿Cuál es la pregunta?

—¿Qué haces trabajando en ese edificio? ¿En una multinacional que vende productos de limpieza?

—Cerré un ciclo en la librería y era hora de buscarme un trabajo... de adulta.

—Ja, ¿trabajo de adulta? ¿Qué es eso, sinónimo de trabajar de algo que no te hace feliz?

—Sebastian, me alegra que tú hayas podido reinventarte y que estés escribiendo con mucho éxito y bla, bla. Pero no eres quién para reaparecer de un día para el otro y darme lecciones sobre cómo estoy viviendo mi vida.

—Perdón, no era para que te enfadaras. Solo quería saber qué rumbo están tomando tus asuntos y decirte que nunca es tarde para recalcular.

—Gracias por el consejo tan sabio, pero ya es hora de volver a ese trabajo que tanta lástima te da.

Me levanto de mi asiento enfadada y tomo el bolso para irme del restaurante. Mientras me alejo de la mesa, Sebastian me hace una última pregunta:

—¿En serio no sospechabas que Serge Lion era yo?

No respondo. No quiero admitir que en el fondo siempre lo supe. Que no era posible que otro hombre me hiciera sentir como me había hecho sentir él. Pero no puedo, no quiero decírselo. Salgo de The Smith y camino con pasos acelerados hacia la oficina sin querer mirar atrás. Mi cabeza está llena de ruido. Justo cuando me siento en mi escritorio me permito respirar y sentir, aunque no termino de dimensionar todo lo que me pasa por el corazón.

¿El padre de Sebastian se suicidó y él apareció al cabo de unas semanas para contármelo?

¿Oliver nunca me lo dijo?

¿Amalia lo sabría también?

¿Sebastian dice que me ama y que nunca dejó de pensar en mí?

¿Por qué no le he contado que voy a casarme con Matt?

¿No es un sueño que el escritor es él? ¿Es verdad?

¿Es posible el amor, incluso después de colapsar de manera terrible?

Enciendo mi ordenador, a ver si logro concentrarme en el trabajo y lidiar con todo esto después. Noto que a la derecha del ratón hay un sobre a mi nombre de parte de Emma. Lo abro: es un ejemplar de la novela de Sebastian, que en la página de la dedicatoria completa con su letra el «¿Qué habría pasado si...?» que encabezaba el libro.

> Elisa: ¿qué habría pasado si hubiera tenido el coraje de haber compartido mi dolor? ¿Qué habría pasado si el destino de mi padre hubiera sido diferente? ¿Qué habría pasado si te hubiera abrazado fuerte en vez de alejarme de ti? ¿Habrías puesto mis piezas en su lugar o es algo que me hubiera tocado hacer solo? Te quiero y espero que puedas perdonarme. De nosotros depende el final de esta historia y todavía estamos a tiempo de elegir la respuesta al «qué habría pasado si...».

Por esas sincronías del destino termino de leer la nota de Sebastian y recibo un mensaje de Matt, que me pregunta si estoy viva y si ya me siento mejor.

Estoy viva, pero no me siento mejor.

Nunca he estado tan confundida. No sé qué hacer.

# 9

*Marzo de 2019*

Hace tres días que no veo a Matt y ya no tengo excusas válidas para eludirlo. No es estúpido, tiene clarísimo que algo me pasa. Lo mínimo que se merece es verme la cara cuando le diga que voy a Argentina, así que pasaré por su casa al salir de la oficina.

Llego a su edificio y saludo al portero, que es de los hombres más antipáticos que he conocido en la vida. Siempre soy de charlar con los porteros, me gusta conocer sus historias, conectar; pero este nunca me ha dado el pie. Me esmero en sonreírle cada vez que lo veo, aunque Matt me dice que no vale la pena, que es un cascarrabias y ya. Pero yo no pierdo las esperanzas. Pienso que la gente tan hosca y gris debe de haber sufrido mucho en la vida.

Subo al ascensor y siento que el corazón se me va a salir del pecho. En los últimos tiempos esta es una sensación recurrente. Dice Judy que la vida es para vivirla intensamente, pero creo que me estoy tomando su consejo de un modo demasiado literal.

Matt abre la puerta y me recibe con un abrazo. Tiene puesto el suéter de Uniqlo que le regalé para su cumpleaños y le queda tan bien. Siempre me siento tan a gusto entre sus brazos... Lleva su perfume de cabecera, ese que potencia el olor tan bueno de su piel. Nos quedamos en silencio unos segundos. No decimos nada, pero sabemos que hay mucho por decir.

Después de unos minutos me fuerzo a salir de su abrazo y me siento en el sillón. Matt se sienta a mi lado y me ofrece vino, pero hoy prefiero no beber.

—Bueno, aquí estamos. ¿Me vas a decir qué te pasa?

Ay, ¿por dónde empiezo? Se merece toda la verdad, pero no puedo dársela. ¿Cuál sería el sentido? No quiero herirlo con todos los capítulos de la historia. En cambio, me limito a responder:

—Matt, últimamente estoy confundida. Necesito un poco de espacio y tiempo para pensar. Mañana viajo a Argentina para estar con mi familia unos días, necesito cambiar de aires y...

—¿Confundida? ¿Por qué? —me interrumpe—. No soy ingenuo y sé que algo te pasa, pero no entiendo qué. ¿Sigues dolida porque no viajé contigo en enero? ¿Estás enfadada con mamá? Si es eso, dime y lo solucionamos. Viajo contigo mañana, te acompaño a conocer a tus padres. Hablo con mamá y le digo que...

—No es eso, Matt. Es más complejo aún. Solo te pido que confíes en mí. Créeme, lo mejor es que me tome unos días. No hay nada que tú puedas hacer.

—No me digas eso, Elisa, me matas. No puedes irte así, sin decirme nada más, y dejarme dándole vueltas aquí. Estábamos tan bien, ¿qué ha cambiado?

No logro responder esa pregunta ni mirarlo a los ojos; esos ojos marrones, achinados, que tanto me recuerdan a Josh Hartnett y que fueron lo que me enamoró de él. Entiendo su frustración y la impotencia que, seguro, le causa mi planteamiento, pero no puedo ofrecerle más motivos sin mentirle. Y nunca me ha gustado mentir.

—Me parece que al menos merezco saber... ¿tienes dudas respecto de la boda? Podemos atrasarla, no hay prisa. Lo que tú decidas va a estar bien. Tenemos toda la vida para estar juntos. Elisa... la boda puede esperar.

Nunca he visto a Matt de esta manera, rozando la desesperación. Me toma las manos y me mira fijo implorando una respuesta.

Le sonrío y le agradezco por dentro la comprensión: no puedo darle más detalles de lo que me pasa por la cabeza, pero sí coincido en que quizá lo mejor sea atrasar unos meses el enlace. Después de todo, ¿para quién nos casamos sino el uno con el otro para nuestra propia felicidad? No le debemos nada a nadie.

Mi plan era terminar la charla e irme a casa, pero aquí, con Matt, me siento tan bien... Apoyo la cabeza en su hombro, nos quedamos en silencio y unos segundos después empieza a besarme. Me siento tan segura con él... Matt me quiere tanto..., nunca dudé de eso, ni todas las veces en que me relegó por su trabajo. Jamás.

Hacemos el amor en el sillón. Suave, despacio, como sabe que me gusta. Es raro, pero apuesto a que ambos sabemos que es posible que sea nuestra última vez. Hay algo en la velocidad de los movimientos, aletargados, que se siente como una despedida lenta y letal.

—Quédate conmigo esta noche —me dice al oído mientras me abraza y me acaricia el antebrazo. Le respondo con mi silencio y se queda dormido junto a mí.

Pero yo no logro cerrar los ojos. En cambio, recojo mis cosas y me voy tratando de no hacer ruido para no despertarlo.

A la mañana siguiente me levanto temprano y pido un Uber para irme al aeropuerto. Pero antes hay algo que tengo que hacer.

Llego a Three Loves, que no ha abierto las puertas aún. Aprovecho para dejar un sobre dirigido a Oliver por debajo de la puerta. Es mi despedida. Sé que con pocas palabras lo hiero más que con un manifiesto que explique los deberes de la amistad. Pero no es que quiera herirlo, tampoco. Siento lástima por él. Ha perdido, para siempre, a una amiga que lo quería con el alma.

Quizá por un empujón del destino o quizá por mera casualidad, justo cuando estoy a punto de volver al coche aparece Oliver en la entrada de la librería, y se queda petrificado cuando me ve.

—Hola, Elisa, desde hace días intento comunicarme contigo —me dice con un tono de desesperación en la voz.

—Lo sé, Oliver, pero yo no tengo nada que decirte. Solo venía a despedirme. Me voy un tiempo a Argentina, pero además quería darle un cierre digno a nuestra amistad.

—Por favor, Elisa, necesito que me entiendas y me perdones. No me hables de un «cierre»...

Oliver intenta tomarme de la mano, pero se la alejo de modo brusco.

—¿Que te entienda? —lo interrumpo—. ¿Qué es lo que tengo que entender? ¿Que me escondiste que el amor de mi vida había venido a buscarme después de meses y meses de verme llorar? ¿Que tuviste la frialdad de permanecer impávido todas esas noches en que intentaba descifrar el misterio de su desaparición? ¿Que estuviste dispuesto a verme casada con otro hombre sin conocer todos los capítulos de la historia? No entiendo, Oliver, te juro que he estado dándole vueltas a la cabeza pero no entiendo cómo pudiste hacerme algo así.

—Elisa, ponte en mi lugar. Como amigo te veía destruida y me pareció que cuando volviste de Argentina estabas un poco mejor, no quería que retrocedieras en tu duelo. Creía que Sebastian te iba a hacer sufrir. Te juro que pensé muchas veces en darte la carta, pero después conociste a Matt y estabas tan feliz... Nunca la leí.

—Ja, «nunca la leí», lo único que me faltaba. No me pidas que me ponga en tu lugar, Oliver, porque yo jamás te habría hecho algo así.

—Lo sé.

Oliver baja la vista; no se anima a mirarme a los ojos, pero veo que su mirada está vidriosa.

—Me tomé una libertad que no me correspondía, pero te aseguro que lo hice pensando que era por tu bien.

Y lo peor es que sé que me dice la verdad. Aunque yo jamás hubiera actuado como él, sé que Oliver en realidad pensó que hacía lo que era mejor para mí. Todavía estoy muy enfadada y probablemente siga dolida un tiempo más, pero me conozco y sé que a la larga voy a perdonarlo.

—Debo irme, Oliver, o pierdo el vuelo. Te deseo mucha suerte en tu camino —me esfuerzo en responder.

Cuando me doy la vuelta para dirigirme al taxi, me toma del hombro y me dice:

—Antes de que te vayas, tengo algo para ti.

Oliver introduce un sobre en mi bolso y sé que es la carta de Sebastian.

Una vez en el coche tomo la nota con las manos temblorosas y ansiosas por leer sus líneas.

Elisa:

Te pido perdón por haber desaparecido estas últimas semanas, por haber sido un cobarde y no haberte llamado antes, pero pasó algo terrible: falleció mi padre de modo abrupto y estuve en California, con mi familia. Espero que puedas entenderme, pero no quiero invadirte, así que espero tu llamada para vernos en persona y hablar...

Sebastian

Leo y releo la carta hasta que por fin la guardo en el sobre y de nuevo en mi bolso. Ya está, no puedo volver el tiempo atrás y de nada sirve mortificarme con el maldito «¿qué habría pasado si...?». En cambio, seco una lágrima de mi mejilla con la palma de la mano, gesto que últimamente es recurrente en mí, e intento distraerme con la música de la radio, aunque el gusto del Uber deja mucho que desear.

Seguimos rumbo a JFK y el tráfico es un infierno. Cuando puedo, viajo desde La Guardia, pero no había vuelos a Buenos Aires desde allí. El conductor, que se llama Salah, intenta sacar conversación y me cuenta su vida; cómo lo adoptaron unos holandeses cuando se separó de su familia, después de que Estados Unidos invadiera su país. La historia es interesante, pero yo no estoy de ánimos para conversar. No puedo concentrarme, solo tengo ganas de escuchar música para calmar la mente camino al aeropuerto, pero ponerme los auriculares en medio de la charla es de pésima educación, y más cuando el pobre hombre está en pleno relato.

Por fin, después de más de una hora llegamos a JFK y Salah me ayuda a bajar las maletas. No viajo muy equipada, siempre me da rabia cargar con tanto bártulo y además en Buenos Aires sigo teniendo ropa que me vendría bien traerme para Nueva York. Si es que voy a volver a vivir en Nueva York, ni eso tengo claro en este momento.

¿Aunque dónde más voy a ser tan feliz como he sabido serlo aquí? ¿En qué otra ciudad voy a encontrar tanto espacio y oportunidades como en Manhattan? No tendré a mi familia, pero tengo a Amalia. No tendré el cuarto de mi infancia, pero tengo mi apartamento en ese barrio que amo y que ha sido testigo de tantos otros momentos importantes. No tendré el jardín de mis padres, pero tengo Riverside Park y Central Park, con sus cerezos en primavera y los tonos rojizos y dorados del otoño. No tendré un trillón de amigos, pero tengo los libros, compañeros fieles que nunca hablan de más, no te traicionan y no dejan de avisarte si el amor de tu vida te deja una nota.

Me seco otra lágrima de la mejilla (¿cuántas llevo gastadas ya?) mientras llego a la fila de Aerolíneas Argentinas para hacer el *check in*. Hay diez personas delante, pero no tengo prisa, todavía falta un par de horas para embarcar.

De pronto, recuerdo una frase que alguien me dijo alguna vez: «Si tu futuro no te emociona, estás equivocada de presente». Es característico mío eso de pensar en frases aleatorias en momentos culminantes.

A la derecha, donde terminan los mostradores, hay un puesto de revistas, caramelos y chucherías. El cúmulo de suvenires alusivos a la Gran Manzana me roba una sonrisa. Tazas, camisetas, bolígrafos, llaveros. Como el de la Torre Eiffel, que nunca he dejado de usar. Me viene a la mente una cita de *Operación dulce*, de Ian McEwan, cuando la protagonista dice casi hacia el final: «Experimenté, una vez más, esa vaga nostalgia y frustración que venían con pensar que estaba viviendo una vida equivocada. No la había elegido para mí. Dependía del azar». Es una de las tantas que tengo subrayadas de esa novela.

Pero en mi caso no es así. Yo sí soy libre y puedo elegir qué quiero de mi vida. Sería un crimen elegir mal. Somos dueños de una vida y eso no es poco. «Querida Serena, depende de ti», es la frase final del libro. ¿Acaso no todos los libros terminan igual?

De pronto, me acuerdo de Judy. Sin pensarlo dos veces, tomo mi maleta y abandono el aeropuerto decidida. Prefiero ahorrarme la escena melodramática en la que tengo que implorarle a la azafata que me deje bajar del avión. Salgo a la calle y me desilusiono durante una milésima de segundo al ver que Sebastian no está ahí, como en las películas, dispuesto a encontrarme en el momento justo en que pongo el pie fuera del aeropuerto. En cambio, me pongo en la fila de taxis para volver a Manhattan.

La cola avanza relativamente rápido, aunque mi ansiedad hace que la espera se me antoje eterna.

—Vamos a Columbus Avenue y la calle 74, por favor —le anuncio al taxista cuando por fin llega mi turno.

En la vuelta hacia la ciudad no hay tanto tráfico como a la ida y de repente una parte de mí desearía que lo hubiera, así tendría más tiempo para pensar qué voy a decirle a Sebastian. «En estas situaciones quizá es mejor no pensar tanto y ser espontánea —me digo, y acto seguido me río ante mi ocurrencia—: ¿situaciones como esta?». ¿Desde cuándo se supone que tengo experiencia en declaraciones de amor...?

Llegamos al Upper West Side y se me ocurre que quizá Sebastian no está en su casa. Tal vez ya haya vuelto a California, quizá haya salido a trabajar o a tomar un café. Quizá esté por ahí con alguna otra mujer, a cuyos brazos haya acudido, despechado. O quizá no quiera verme...

Pero ya es tarde para dar marcha atrás y cuando veo la entrada de su casa, respiro hondo y tomo coraje.

Subo las escaleras con el corazón en la garganta.

Ring, ring...

Los minutos escasos en que oigo pasos acercarse a la puerta se me hacen eternos.

—Hola, Sebastian —lo saludo cuando me abre la puerta con rostro sorprendido y el diario bajo el brazo.

—Elisa, ¿qué haces aquí? Me llamó Oliver hace un rato. Me dijo que volvías a Argentina.

—Iba a volver, pero me percaté de algo en el momento justo.

—¿Ah, sí?

Sebastian observa mis maletas y sonríe levemente, como anticipando a qué he ido y por qué. Pero se ve que no me lo va a poner tan fácil y por primera vez en mucho tiempo decido hablar y no dejar que la vida me suceda, sino hacerla suceder.

—Me he dado cuenta de que estaba equivocada al creer que las chispas que sienten los personajes de *Infortunada noche* sí o sí derivan en una relación trágica, y que es mejor conformarse con la estabilidad. Hay una línea delgada, que en verdad es muy ancha, entre aceptar y resignar y hoy tengo claro de qué lado quiero estar yo.

—Y todo eso se traduce en un... ¿te amo y quiero estar contigo?

Asiento en silencio, expectante para ver su reacción. Pero Sebastian no pierde el tiempo y, mientras me hace pasar a su casa, me toma detrás de la cabeza y me da el beso con el que he soñado todo este tiempo. Dejo caer el bolso de mano al suelo y pienso que qué bonita es la vida cuando nos demuestra que no es demasiado tarde.

En el fondo siempre lo he sabido, aunque tuviera miedo de pedirle a la vida lo que me está dando hoy.

Como si adivinara mis pensamientos, Sebastian deja de besarme durante unos segundos para mirarme y sonreír. Me abraza, antes de reanudar nuestro beso y río por dentro yo también.

# Epílogo

Llegamos a casa de Amalia a la hora pactada: siete y media de la tarde. Quiere presentarnos a su nuevo candidato: Michael, un médico judío —o, mejor dicho, dentista— que resulta que iba a casarse con su novia de toda la vida hasta que conoció a Amalia en un cumpleaños y canceló los planes un mes antes de la boda.

Nunca he visto tan feliz a mi amiga y me alegro por ella de corazón. Siempre he sabido que a la larga encontraría al amor de su vida, aunque en el camino se esforzara por hacernos dudar.

He traído un vino que sé que a ella le encanta. Tocamos el timbre y, mientras esperamos a que nos abra, Sebastian y yo aprovechamos para darnos un beso. Ya ha pasado un año de nuestro reencuentro, pero todavía seguimos en plena etapa rosa, nos besamos en los descansillos y hacemos el amor como conejos.

A veces pienso en Matt, pero ya no siento culpa. Estaba claro que no íbamos a ser felices juntos; y no solo yo con él, sino él conmigo tampoco. Porque la felicidad en la pareja es compartida o no es verdadera felicidad.

Jamás dudo de todo lo que nos quisimos. Nos hicimos compañía, sobre todo él a mí. Nos disfrutamos y ambos conocimos un mundo nuevo gracias al otro. Pero la última vez que nos vimos me reconoció que en el fondo también había tenido sus dudas respecto a casarse conmigo. Amaba la idea que yo represento, aunque no tanto su concreción. Ya no estamos en contacto, porque jamás seré de esas mujeres que logran ser amigas de sus ex, y además a Sebastian no le divierte la idea. Pero después de dejarlo nos juntamos una o dos veces a tomar un café. Había que darle a nuestra historia un cierre que le hiciera justicia. Aprendí que no despedirse no ayuda a tapar el hecho irremediable de echar de menos a la persona que ya no está con nosotros. Al contrario; anuncié tantas veces que no me gustaban las despedidas y les negué su importancia con saludos concisos y al pie solo para que al tiempo la angustia me arrasara como las olas de mi querido Chapadmalal.

Así que ahora intento hacer de mis despedidas un ritual; un momento sagrado para honrar a la otra persona y el calor que me hizo sentir en el corazón. Y con Matt no podía ser de otro modo; porque lo quise mucho y es posible que siempre vaya a quererlo.

Amalia nos abre la puerta y me da pena poner el pie en mi antiguo apartamento. Si tan solo ese sillón que preside el salón y que nos alojó tantas noches pudiera hablar... Michael aparece detrás de ella, nos saluda con una sonrisa enorme y recibe nuestro vino encantado.

En la mesa de centro hay velas y un aperitivo que se ve delicioso. Estoy famélica porque he trabajado todo el día; sin perder tiempo me lanzo a atacar el queso brie.

—¿Y Elisa? ¿Cómo va la escritura? Amalia me ha contado que tienes un blog y que vas a lanzar tu primera novela pronto.

—Bueno, no sé si pronto, pero estamos en ello —respondo, con timidez. Me incomoda hablar de mis escritos delante de terceros. Me da pudor.

—La novela sale el año que viene, ¿y podéis creer que no me ha dejado leer ni una página? —se lamenta Sebastian buscando complicidad en Amalia y Michael.

—¡Eso no se hace, maldita!

Amalia me golpea en el brazo y me lanza una mirada reprobatoria.

—Al menos anticipa de qué se trata.

—Ya tendréis tiempo de leerla todos. No voy a revelar demasiado, solo os adelanto que es acerca de una joven inglesa que de pronto quiere convertirse al islamismo.

—¡Eres pérfida! —exclama Amalia, pero me conoce y cambia de tema.

Y así, entre charlas de trabajo y de la vida acompañadas por un buen vino y un aperitivo, pasamos nuestra primera noche juntos, los cuatro. Mientras los hombres discuten distintas opciones de inversión en Miami, yo me abstraigo y observo a Sebastian. No me interesa demasiado el tema, pero amo escucharlo a él, cómo construye sus oraciones, verlo gesticular. Sonrío hacia mis adentros y doy gracias a la vida por haberme traído hasta aquí. No sé qué nos depara el futuro, pero nuestro presente está muy bien.